だいわ文庫

おいしいアンソロジー おやつ

甘いもので、ひとやすみ

阿川佐和子 他

大和書房

おやつ

甘いもので、ひとやすみ

目次

ドーナッツ ● 村上春樹

むらかみ・はるき
1949年京都生まれ。小説家、翻訳家。『風の歌を聴け』でデビュー。1987年『ノルウェイの森』がベストセラーに。その他のおもな著作に『海辺のカフカ』『1Q84』『色彩を持たない多崎つくると、彼の巡礼の年』など。

今回はドーナッツの話です。ですから、今まじめにダイエットをしているという人はたぶん読まない方がいいと思います。なんといってもドーナッツの話だから。

僕は昔から甘いものがあまり好きではない。でもドーナッツだけは例外で、ときどきわけもなく理不尽に食べたくなることがある。どうしてだろう？　思うんだけど、現代社会においてドーナッツというのは、ただ単に真ん中に穴のあいた一個の揚げ菓子であるに留まらず、「ドーナッツ的なる」諸要素を総合し、リング状に集結するひとつの構造にまでその存在性を止揚されているのではあるまいか…、えーと、だから早い話、ただドーナッツがけっこう好きなんだということです。

僕がボストン郊外にあるタフツ大学に「居候小説家《いそうろう》（ライター・イン・レジデンス）」として在籍していたとき、大学に行く前によくドーナッツを買った。途中の道筋にあるサマーヴィルのダンキン・ドーナッツの駐車場に車を停め、「ホームカット」をふたつ買い求め、持参した小さな魔法瓶に熱いコーヒーを詰めてもらい、その紙袋をもって自分のオフィスに行った。そこでコーヒーを飲み、ドーナッツを食べ、半日机に向かって本を読んだり、ものを書いたり、訪ねてきた学生と話をしたりした。お腹が減っているときには、車の中でそのままドーナッツをかじることもあった。おかげでそのころ僕が運転していたフォルクスワーゲン・コラードの床には、ドーナッツのかけらがいつもこぼれていた。自慢じゃないけど、シートにはコーヒーのしみだってついていた。

ところでドーナッツの穴はいつ誰が発明したかご存じですか？　知らないでしょう。僕は知っています。ドーナッツの穴が初めて世界に登場したのは１８４７年のことで、場所はアメリカのメイン州のキャムデンという小さな町。とあるベイカリーで、ハンソン・グレゴリーという15歳の少年が見習いとして働いていました。その店では揚げパンを毎日たくさん作っていたんだけど、中心に火が通るまでに時間がかかって効率が悪かった。それを見ていたハンソン君はある日、パンの真ん中に穴をあければ、熱のまわりがずっと早くなるんじゃないかと思って実行してみた。すると揚がる時間もたしかに早くなったたし、出来上がった輪っか状のものも、かたちこそ奇妙だけど、かりっとしておいしくて食べやすかった。「おいおい、どうなっとるんかね（駄洒落《だじゃれ》）、ハンソン？」「うん、これって悪くないですよ、旦那《だんな》」。というような次第でドーナッツが誕生した。そんな風にさっき見てきたみたいにきっぱりと説明されちゃうと、「おいおいほんとかよ」と眉《まゆ》に唾《つば》をつけたくなるけどちゃんとした本に載っていたから本当の話みたいだ。

揚げたてのドーナッツって、色といい匂いといい、かりっとした歯ごたえといい、何かしら人を励ますような善意に満ちていますよね。どんどん食べて元気になりましょう。ダイエットなんて、そんなの明日からやればいいじゃないですか。

チョコレート衝動

角田光代

かくた・みつよ
1967年神奈川生まれ。小説家。『幸福な遊戯』でデビュー。おもな著作に『空中庭園』『対岸の彼女』『八日目の蝉』など。旅好きとしても知られ、『いつも旅のなか』などの紀行文も多数。

あまり好きでない言葉に「自分にご褒美《ほうび》」というものがある。がんばった自分に、ご褒美としてアクセサリーを買う。ブランドものを買う。いつもより高級なレストランで食事をする。エステサロンにいく。そんなような用途で、広告などによく使われているが、いってみればこのご褒美とは、言い訳である。ちょっと罪悪感のあることをする、その言い訳。その罪悪感というものを分析してみれば「もしかしてちょっと無駄遣いかもしれないが、でも、こんなにがんばったんだから、いいんだもん」というようなことだろうと思う。

私が気に入らないのは、自分で得たお金で無駄遣いをするのに、言い訳なんかいらないじゃないか、と思うせいだ。後悔したって、月末にお金がなくなったって、今それがほしいんだからそれでいいじゃないか。言い訳なんてする必要なし！　それにくわえ、ご褒美のために仕事をしているのではない、というようなひねくれた気分のゆえである。

かといって、私がちょっと高価なもの、必要のとくにないものを買うときに、罪悪感をまるで感じないかといえばそんなことはなくて、じつはくよくよしている。「これ、やっぱり高すぎるんじゃないか」「もっとほしいものがほかにあるんじゃないか」「なぜ今これを買わねばならないのか」等々と、ぐるぐる考える。なかなか、清水《きよみず》の舞台からは飛び降りることができない。

だからこそ、そういうときにご褒美なんて言葉をぜったいに使わない。無駄遣いかもしれない、分不相応かもしれないお金を使うということを、自覚していたいのである。

そんな私であるが、あるものに関しては、無意識のうちにご褒美的感覚に陥って買ってしまうものが、ある。

それはチョコレート。

喫煙していたときは、甘いものにてんで関心がなかった。宝石みたいにきれいに箱におさまったチョコレートをもらっても、「ふうん」と思うだけだった。おいしい、おいしくない、ということも、よくわからなかった。口にした感想は「甘い」のみ。

煙草《たばこ》をやめてから、甘党になったわけではないのだが、チョコレートだけは食べたいと思うようになった。とくに仕事中。食べたい、と思ったらもう、猛烈に食べたい。食べないとこの気持ちはおさまらない。しかも、大量に食べたい。ひとつの箱に二〇個の個別包装をされたチョコレートが入っていたとしたら、一気に半分くらい食べたい。

今まで、私には間食の習慣がなかった。実家にいたころは、母親が何かしら用意してくれていたのでなんとなく食べていたが、ひとり暮らしをするようになって、用意するのが面倒、という理由だけでお八つは食べない。知らない町を散歩していて小腹が減って、とか、ちょうどお八つの時間に友だちがお菓子を持って遊びにきて、とか、そういう場合でなければ、ごはん以外のものをあまり食べなかった。間食の習慣がないと、この猛烈なチョコレート衝動には猛烈な罪悪感が付随する。ひと箱の半分を一気に食べるなんて、許される行為なわけがないではないか。

このチョコ衝動とともにはじめて気づいたことだが、罪悪感というのは、反対側から眺めてみると、じつに優美な誘惑剤でもあるのだ。だめだ、そんなのだめだ、と思っていればいるほど、そちらにふらふらと引き寄せられるとき、不思議な快楽がある。禁断の恋が燃えさかるのと同じ原理であろう。大げさだが、基本的には同じはずだ。

かくして、私は毎日仕事中、ほとんど負け戦《いくさ》ながらチョコ衝動と闘い続けていた。しかも、私は昔からよく低血糖状態になる。すーっと血の気が引いて、脂汗が出、手がつめたくなってくる。こういうときは、甘い飲みものや飴、チョコを食べるとたちどころになおるのである。三〇代の半ばごろは、その対策として、好きでもない飴やチョコレートをよく鞄《かばん》に入れていたくらいだ。こうなると、もう闘っている場合ではなく、摂取せねばならなくなる。

そんな折、アンチエイジングの専門家である医師と、対談をする機会があった。対談テーマは、四〇代からどのように筋肉を鍛えるか、筋肉の効用は、というものだったのだが、この対談のなかで、私は自身のチョコレート衝動について語った。私の仕事は平日の九時から五時、ずーっとパソコンの前に座っていて、動いていないのに食べたくなってチョコレートを食べてしまう、これはやっぱり体によくないですよねえ、というような質問をした。すると先生は、食べていいですよ、と言うではないか。書くということはそれだけ脳を使っているんだから、糖分が必要になるのは当然です、しかも体質的に低血糖になりやすいならば、それはもうしょうがないですね、と先生は真顔で言い、できるだけカカオ成分の高いチョコレートを選ぶといいですよ、とのアドバイスもくれた。

専門家の意見というのはたいへんに効果絶大。私は仕事場の冷蔵庫に堂々とチョコレートを常備するようになった。先生はそこまでは言っていないというのに、食べなくてはいけないのだというような気分。あの罪悪感も半減。半減すると、あの奇妙な誘惑も半減。かえってよかったのかもしれない。

ふだん常備してあるのは、コンビニエンスストアのチョコレートである。先生の助言に従って、カカオ成分が多めのものを売っていればそれにしているが、なければごくふつうのチョコレート。トリュフだったりクッキー生地が混ざっていたり、なかに栗クリームが入っていたり板チョコだったり、呆《あき》れるくらい多種類のチョコレートがあり、選ぶのも面倒なので目についたものを買っている。チョコレート歴の浅い私はこだわりなんてとくになく、チョコレートであればなんでもいいのである。

しかしながらここ最近、以前は「ふうん」だけだった高級チョコレートのおいしさもわかるようになってきた。いや、おいしさ、というよりも、箱を開けるときのよろこびのほうが勝っているかもしれない。箱を開け、薄紙をめくり、きらきらと並ぶチョコレート粒を見て「わあ、きれい、どれから食べよう」と、今さらながらわくわくと思うようになった。

人から箱入りチョコレートをもらうと、ほかの菓子よりだんぜんうれしい。冷蔵庫に、コンビニエンスストアのチョコレートではない、かわいかったりうつくしかったりするチョコレートの箱が入っていると思うと、それだけでなんだかうれしくなる。

が、残念ながら、チョコレートはそうそうもらうようなものでもない。冷蔵庫に毎日入っているようなものではないのである。じゃあ、自分で買えるか。これが、チョコレート衝動と折り合いをつけた私の、新たなチョコレート問題である。

バレンタインデーが近づくと、デパートには各国のチョコレート店が出店し、びっくりするほどの混雑なのだが、それを眺めて歩くのも好きになった。しかし私の夫は以前の私と同じく甘いものにまるで関心がなく、バレンタインデーにはチョコレート以外のもの（甘くないもの）がほしいと思う。まったくつまらない。昨年など、私は自分が食べるためだけに箱入り高級チョコレートを買い、夫に渡し、渡したあとに取り上げてぜんぶ自分で食べた。

しかしそんな狼藉《ろうぜき》も、バレンタインデーだからできるというものだ。「だれかに贈る」と思うから、三〇〇〇円、五〇〇〇円のチョコレートが買える。のちに、ぜんぶ自分で食べてしまうのだとしても、建前としては「バレンタインというとくべつな日に、夫に贈る」のであるから、買えるのである。

なんでもない日に、ぜんぶ自分で食べるために、三〇〇〇円、五〇〇〇円のチョコが買えるか、といったら、それは躊躇《ちゅうちょ》する。もちろん、躊躇しない人もいるだろうけれど、私は、する。

さてここで、出てくるのが、私の好きではない例の言葉である。

ご褒美。

思ってしまいそうになる。「脳を使っているから糖分は必要。しかも低血糖を起こしながらがんばって仕事をしている。何十万円のバッグじゃあるまいし、三〇〇〇円くらいのチョコレート、ご褒美として安いものではないか」、そこまで考え、はっとする。褒美のために仕事をしているのではないと、えらそうに言っていたではないか！　言い訳などするものかと潔く言っていたではないか！　今すぐ高級チョコレートを買いにいって、むさぼり食ってもだれも怒るまい。

そんなわけで、私は意を決し、友だちに贈るのでなければ買ったことのないブランドチョコレート店に赴いて、自分用に三一五〇円のチョコレートを買った。一二粒入り。買うにもずいぶんな勇気が必要となった。ちょうどハロウィン前の時期で、それ用にデコレートされた箱入りチョコレートがたくさんあった。ご褒美という言葉を避けたい私は、「ハロウィン特製だ、期間限定だ、これは買っておかなくては」と、べつの言い訳を用意しなければならなかった。

そうして大事に持ち帰ってきた高級チョコレートを、仕事中、大事に、大事に、いっぺんになくならないように食べているわけだが、はたと、これはかえってダイエットにはいいのではないかと気づいた。名づけて「高級チョコレートダイエット」。ふだんはぜったいに買わない値段のチョコレートを買っておいて、ちびちび、ちびちび、食べる。カロリー摂取がおさえられて、効果的ではないかと思うが、どうだろう。

この葛藤《かっとう》、チョコレートに関心のない人には、まったくもって意味不明なんだろうなあ。

プリン・ア・ラ・モードのかわいいジオラマ感

益田ミリ

ますだ・みり
1969年大阪生まれ。イラストレーター。漫画に『泣き虫チエ子さん』『夜空の下で』『すーちゃん』ほか。エッセイに『言えないコトバ』『美しいものを見に行くツアーひとり参加』『しあわせしりとり』など著書多数。

プリン・ア・ラ・モードのかわいいさは、ジオラマ感だと思っている。

当然、プリンは「山」。ぽっこり丸い山ではなく、どちらかというと富士山的なシャープな感じ。

そのプリン山を中心に、アイスクリームの丘が広がっている。麓《ふもと》では生クリームの草がもりもり茂る。添えられたキウイやミカン、バナナは色とりどりの花。リンゴのウサギは野生動物の象徴だろう。楽しそうにプリン山で飛び跳ねている。さくらんぼがふたつのっているプリン・ア・ラ・モードを、いまだかつて見たことがない。たったひとつのさくらんぼ。むろん、燃える太陽を表現しているに違いない。それらが脚付きのガラスの器にバランスよく配置され、ひとつの街を作っている。いや、ひとつの世界を構築している。

わたしは久しぶりに注文したプリン・ア・ラ・モードを前に、子供時代に好きだった「動物たちの旅」ごっこというひとり遊びを思い出していたのだった。

「動物たちの旅」ごっこは、わたしのオリジナルの遊びだった。

親に買ってもらったのか誰かからの土産なのかは覚えていないが、ミニチュアの動物セットを持っていた。ライオン、トラ、ヒョウ、ゾウ、キリン、カバ、ウマ、シカ、サイ、ウサギ、ネズミ。もっとたくさんいたような気がする。

わたしはその動物たちが力を合わせ、長い長い旅に出るところを想像した。先頭を進む動物はなにか。

やはり強いのがよいだろう、ということで、ライオンを一番前に置いてみる。動物セットの動物たちは友達だから超仲良し、という設定。敵も味方もないので、弱き者がエサになることもない。強い動物は弱い動物を外敵から守りつつ旅をする、という設定だ。

弱い動物といえば草食動物。それらを内側に集め、両脇はトラやヒョウなどでがっちりガード。後方はゾウやカバなどガタイのいい動物で固めた。

絨毯《じゅうたん》の上に完璧な配置で並べられた動物たち。

さぁ、行け、旅に出よ！

動かないはずのおもちゃの動物の群れ。わたしの頭の中で、ときに彼らは激しく外敵と戦い、力を合わせて旅をつづけた。

小さな世界を上から眺めるのは楽しい。プリン・ア・ラ・モードの世界もまたジオラマ感たっぷりである。

さて、「久しぶりに注文したプリン・ア・ラ・モード」と書いたが、注文した店は、横浜中華街からほど近い、ホテルニューグランド本館1階にある「ザ・カフェ」。ここがプリン・ア・ラ・モード発祥の店であるらしい。

『あのメニューが生まれた店』という本によると、プリン・ア・ラ・モードは、戦後まもないころ、アメリカの将校夫人のために考案されたデザートなのだとか。

「味だけでなく、量もアメリカの方々に合わせないといけません」

という、お店側のインタビューを読み、なるほど、量を増やしていった結果、このジオラマデザートになったというわけである。考えたシェフも、きっと楽しかったんじゃないかなぁ。プラモデルに取りかかるときみたいに。

おもしろいのが、プリン・ア・ラ・モードの器。

「量が多いため、プリン・ア・ラ・モードは従来のデザート皿にのりきらず、鰊《にしん》の酢漬けに使っていたコルトンディッシュで供することに」

という説明が本に小さく添えられていた。なんと、あの脚付きのガラスの器は苦肉の策だったのだ。

ちなみに、プリンそのものの誕生秘話が『洋菓子はじめて物語』という本で紹介されていた。なんでも、イギリス海軍のシェフが、あまった食材をひとまとめにして蒸してみた、というのがプリンのはじまりなのだとか。

プリン・ア・ラ・モードが運ばれてきた。

発祥の店のプリン・ア・ラ・モードだ。

かわいい。リンゴのウサギもいる。さくらんぼの太陽ものぼっている。プリン山は小さめだが、どっしりした印象。たまごをたっぷり使っているのかもしれない。プリン山の裏に、プルーンの岩が置いてあった。渋いセンスだ。わたしなら何を置くだろう？　ウエハースの木か？

わたしはプリン・ア・ラ・モードにとって外敵であった。完結された世界を少しずつぶっつぶしにかかる巨人である。

構築するのも楽しいが、崩していくのもまた楽しい。「動物たちの旅」ごっこの後のお片付け。ざーっと集め、ふた付きのカゴに入れたときの迷いのなさ。

いざ、プリン・ア・ラ・モードのジオラマ壊し！

実をいうと、わたしは大人になるにつれ、プリンというお菓子への興味が薄れている。メニューにケーキやパフェがあるなら気分はそっち。なので、この発祥の店で食べるプリン・ア・ラ・モードが、人生最後のプリン・ア・ラ・モードになる可能性は大いにあった。
さようなら、鰊の酢漬け皿のジオラマの世界。
さようなら、かわいいプリン・ア・ラ・モードの国。

プリン・ア・ラ・モードが
ぺたんこのお皿で出てくると
ちょっとテンション下がります
守られ感が
ない……
「ア・ラ」の
響きも
かわいいんですよネ
この高床式で
かわいさUP!!

かっこわるいドーナツ

穂村弘

ほむら・ひろし
1962年北海道生まれ。歌人。1990年、第一歌集『シンジケート』でデビューし、各界に衝撃を与える。短歌の域にとどまらず、評論、エッセイ、絵本翻訳など活躍は多岐にわたる。おもな著作に『短歌の友人』、『整形前夜』、『絶叫委員会』など。

十年ほど前になるだろうか。数人の友達と一緒にミスタードーナツに入ったときのことだ。それぞれが好みのドーナツを注文するなかで、私はちょっと迷ってDーポップを選んだ。六種類の小さな球形ドーナツのセットである。

そのとき、女友達のひとりがこう云ったのだ。

「ださー」

え？　びっくりする。

「ださー、って何が？」

「ほむらさん、Ｄ－ポップなんて食べるんだ」

ええ？　さらにとまどいながら、私は云った。

「いや、だってこれ、ひとつでいろんな味が楽しめるじゃん」

「だから」と彼女はきっぱり云った。「それがださいんだよ。ヒトツデイロンナアジガタノシメル」

えええ？　それがださい……。わからない。わからないけど、なんか、わかるような気もする。

彼女がとてもお洒落《しゃれ》なひとだったこと、その口調が余りにも確信に充ちていたことが、私を激しく動揺させた。ドーナツにださいとかださくないとか、あったのか。知らなかった。

でも、そう云われると、なんだか、Ｄ－ポップって名前までがださく思えてくる。特に「Ｄ」ってとこと「ポップ」ってとこ、あと「－」もわざとらしい。全部じゃないか。

私は恐怖の余韻を胸に秘めたまま、さり気なく訊いてみる。

「他にもださい食べ物ってある?」

「そうだなあ」と彼女は考えて云った。「ほむらさん、チェルシーは何味が好き?」

「えっ」私はおそるおそる答えた。「……ヨーグルト味」

「ださっ」

「そ、そうなの」

「チェルシーはヨーグルト味がいちばんださいんだよ」

知らなかった。おそろしい。そう云われると、なんとなくその感じがわかるような気がするところがおそろしい。食べたいものを選ぶだけなのに、一旦センスという観点の呪縛《じゅばく》にかかると、自分自身の素直な味覚に従うことができなくなる。

ファッションにおけるセンス問題の重圧を思い出す。シャツの裾《すそ》をズボンに入れているのを人々に笑われて以来、私はそれをひどく恐れるようになった。

元々子供の頃から裾を入れる習慣で、そうしないと安心できないのだ。でも、その気持ちに従うと、皆に笑われて女の子に相手にされなくなる。だから無理矢理ズボンから引っ張り出す。落ち着かない。でも、これを忘れたら大変なことになる。

すそ、すそ、と寝言を云っていたこともあるらしい。「トップスインは地獄行き」と刷り込まれてしまったのだ。

しかし、ファッションだけでなく食べ物の世界にもセンスの罠があったとは。「D－ポップは地獄行き」か。

あの日以来、私は一度もD－ポップを食べていない。かっこわるいドーナツなんて、と顔を背《そむ》けて、ハニーチュロなどのかっこいいドーナツを食べるようになったのだ。見栄《みえ》っ張りだろうか。

でも、確か昔の落語にもそんな話があった筈だ。蕎麦の先っぽだけをつゆにつけるのが「粋《いき》」だとされていた江戸っ子が、やせ我慢してそうやり続けた挙げ句に「ああ、死ぬ前に一度でいいから、どっぷりつゆにつけて食べてみたかった」と云うのが下げだった。馬鹿だなあ。最期に後悔するくらいなら、最初から無理しなければいいのに。

ということは、と私は考える。自分も他人の意見に左右されずに、僕はこれが好きなんだ、と叫びながら（別に叫ばなくてもいいが）、堂々とD－ポップやチェルシー・ヨーグルト味を食べるべきなのか。シャツの裾をずずんとズボンに突っ込んで。

シュウ・ア・ラ・クレェム　森茉莉

もり・まり
1903年東京生まれ。小説家、随筆家。父である森鷗外との交流を書いた『父の帽子』でデビュー。おもな著作に『甘い蜜の部屋』『恋人たちの森』など。晩年は、独自の美学を貫く『贅沢貧乏』などの随筆を著した。1987年没。

もとは仏蘭西《フランス》のものだという、シュウ・ア・ラ・クレェムは、私の唇《くち》に入ったことがない。巴里《パリ》で、菓子専門の店に何度も入ったが、シュウ・ア・ラ・クレェムはその日に限って切れていたのか、見たことも、たべたこともない。私の想い出の中に、永遠の王冠のように耀《かが》やいているのは明治時代に凨月堂《ふうげつどう》で売り出した（シュウクリイム）であって、（シュウクリイム）という言葉の中に私が感じる無限の美《お》味《い》しさと、ふくよかさ、舌ざわり、幼い掌の上にあった重み。いただきがこんがりと、狐色に焦げた皮の上にふりかかっている粉砂糖は舌の上で、春の淡雪《あわゆき》よりも早く溶けて、その甘みは捉《とら》えることも出来ないうちに消え、卵黄と、牛乳《ミルク》と、ヴァニラの香《にお》いが唇一杯にひろがる滑らかなクリイムは、その日の朝焼かれたものなのに皮になじんで、皮の内側はクリイムの牛乳を吸いこんでしっとりしている。何かで機嫌《きげん》を悪くしていた子供の神経が、クリイムが唇の中に一杯にひろがったとたんになだめられ、鎮められる。唇のまわりをクリイムだらけにした子供は、その唇を、鳥の雛《ひな》のように開けて、「もっと」と言う。母親が黙っていると、もう一度繰り返す。母親の青白く繊《ほそ》い掌の取り箸《ばし》がもう一つのシュウクリイムを軽く挟《はさ》み上げる。（あ、もう一つくれる!!!）。甘いクリイムの中で舌が踊るような歓喜《よろこび》が又一寸《ちよつと》の間続く。なんと楽しい、だがなんと短いよろこびだろう。表は滑らかで、裏はざらざらした真白なボオル箱は、子供の限りない夢をひそめて、茶箪笥《ちやだんす》の中に蔵《しま》われた。その白い箱には扇面に三日月が一つ描かれたデザインの商標が、焼きつけて押されていた。

この超食いしん坊の子供は私である。母親は常に私に、（もっとの坊ちゃん）というお伽噺《とぎばなし》をして聴かせて（これは彼女の創作らしかった。古今東西を通じて、そんなお伽噺はないからだ）たしなめたが、父親の方が、「お茉莉《まり》よし、よし、もっと食え」と言って、魅力的な微笑《わら》いを浮べて私を見るので、私の食いしん坊はいささかも衰えずに、却《かえ》ってますます昂揚《こうよう》された。

父親は独逸《ドイツ》の雑誌から、いろいろな写真や絵を切り抜いてノオトブックに貼り、私に与えていたが、その中の一つに、ここに掲げた写真のような女の子の可哀らしい表情が、フィルムのように五枚続きで映っているのがあった。「あら、クリイムだわ」「下さるかしら?」「下さらないの?」「ああ、下さる」「下さった」という写真の下の説明につれて子供の顔が少しずつ変化し、最後の写真は両手を打ち合わせるようにして、満面に笑いを浮べていた。

シュウクリイムに関するもう一つの想い出。それは銀座の数寄屋橋の河岸に有楽座が、砂糖で造《こし》らえた建物のように、河の面に白い影を映して建っていた頃、私はよく母に伴《つ》れられて、日曜日毎に上演されるお伽芝居を見に行ったが、幕合いになると母は私の掌をひいて、凮月堂が出張している小さな食堂（ビュッフェだけがあって椅子も卓子《テエブル》もない小部屋である）に入って行った。そこで私は母親の掌にもあまるほど大きな、シュウクリイムを貰った。シュウ・ア・ラ・クレェムというのは、(クリイムの入ったキャベツ)というわけなのだろうが、凸凹のある形はキャベツではなくて花キャベツに似ている。フランス語ではキャベツも、花キャベツも同じに、シュウというのだろう。この幼い私をかぎりなく歓ばせたクリイム入りの焼菓子は、大正時代に入ると変り型が造られはじめた。エクレアである。それと同時に中のクリイムもココア入りのもの、生クリイムの白いのも出来るようになった。

今日も私は神田で、シュウクリイムを二つ平らげて来たが、そこの店のシュウクリイムは昔のに近いので、プルウストが幼いころ、叔母《タント》の家で食べたプチットゥ・マドレエヌを舌の上に再現しながら書いた小説《ロマン》(失われた刻《とき》)の一節のように、現実の舌の上に、《失われた刻》をのせて、味わっていたのである。

甘い物

安野モヨコ

あんの・もよこ
1971年東京生まれ。漫画家、エッセイスト。高校在学中に『まったくイカしたやつらだぜ!』でデビュー。おもな漫画著作に『ハッピー・マニア』『さくらん』『働きマン』『シュガシュガルーン』、エッセイに『美人画報』ほか。

仕事中におやつを食べる男の人の割合が三割を超えたとニュースになっていた。

最高にどうでもいい。

そう思ったがおやつの唐辛子クッキーをかじりながらふと考える。

そんな事がニュースになる裏には「男がおやつなんて」と言った概念が未だに有るからではないのか。

おやつが甘い物とは決まっていない。

そして実際男性でも甘い物好きはかなり多い。

だけど何となく子供の頃から「男とは甘い物を食べないものである」みたいな感覚が自分の中にも根強く有るのは何故だろう。

かく言う私は物心ついた時から甘い物が大の苦手であった。

誕生日やクリスマスのケーキは出来ればビーフジャーキーに変えて欲しいと真剣に願った。

親戚の家へ遊びに行っても、子供だと言う理由でテーブルの上の大人達用お茶うけキムチは手を出す事を許されず、蕎麦ボーロ等が与えられる。いらねっつの‼と叫ぼうものなら下手するとロールケーキやシュークリームが出て来る。泣きそうになる。キムチが食べたくて。もちろん喜ばせようとして出してくれているのはわかっている。わがままの上にわがままを重ねる訳に行かない。沈痛な面持ちで
「わーい…」

とか言ってみるものの一向にフォークは進まない。

隣で妹はホッペにクリームをつけながら満面の笑みでイチゴショートを一気食い。

なんと子供らしく女の子らしいのだろうか。一方私は一センチ角に切ったケーキを口に入れただけで吐きそうになり、目はキムチに釘付けと言う意味不明の状態におちいっていた。

そして「甘い物が好きじゃない」事に起因する「女の子らしさの欠如」と言う謎のコンプレックスまで抱え始めるのであった。

そもそもケーキに限らずサツマ芋、栗、南瓜《かぼちゃ》と言った甘い野菜も食べられなかった。

野菜なのに甘いって何‼　ぐらいに思っていた。そんなに甘い物を憎む中で例外としてチョコレートやシナモンシュガーの様に少量の苦みが有る物だけは好きで割と食べていたが、その他和菓子、アンコもの、砂糖入り玉子焼きに到っては側に寄るのも嫌だった。

前世で砂糖漬けの刑にでも処されたのだろうか。果物もメロンや柿の様に甘味の強い物はことごとく食べられない。

そしてそれらが苦手な女児と言うのは異端であるらしく、何かにつけて

「ええ?!　コレが嫌いなの？」

と驚かれる。

驚かれるだけなら構わないけど、ケーキやクッキーの話で盛り上がる女の子のスイートな輪に入って行けず独りゆで玉子の事を考える…って暗い上に可愛さ皆無。ゆで玉子も美味しいと思わない？　塩とマヨネーズどっちが好き？　と無理矢理輪に乱入しようものなら、固すぎるゼリーにも似た弾力をもってやんわりとはじき出されるのであった。

そんな少女時代を送ったせいで普通よりも強く「甘味↓女」「辛味↓男」と言う構図を意識してしまうようになってしまった。


ところで私の夫は甘党なのである。

お酒も飲むけれど、ほっておくと金時豆に甘い玉子焼き、薄甘い味の高野豆腐で御飯を食べているし、ちょっとお茶でもと店に入ればすぐにケーキだのココアだの注文している。

ビールとナッツを注文する私。

するとお店の人は当然の様に私の前にケーキ、夫の前にビールを置く。

矢張り世間的にも甘い物は女、と言うイメージなのだ。しかし夫の甘党が私の男らしさを助長している様な気がしてならない。

八ツ当たり以外の何物でも無いが文句をつけた。

「男のくせに甘い物食べすぎじゃない？」

夫はガトーショコラをもぐもぐ食べながら

「うん、気を付けるよ」

と穏やかだ。辛い物を食べないからだろうか。

結婚前に彼の実家へ初めて行った時、一泊して翌朝の朝食は炊きたて御飯と紅白餅《もち》二個がドーンと入ったお汁粉であった。

お母さんが歓迎の気持ちを込めて朝から作ってくれたんだ…と思うと嬉しさがこみ上げて来たが同時に

「た…食べられない…」

と言う焦《あせ》りで血の気が引いた。私は餅も苦手なのである。

しかしここで残す訳には行かない。覚悟を決めて文字通り一気に流し込んだ。ワラビーを飲み込む途中で喉に引っかかったニシキヘビの苦しみが頭に浮かんだが、涙目になりながらも事無きを得た。

しかし朝から汁粉って‼

と話していると、担当編集者に教えられた。

夫の実家が異様な甘党なのでは無く、西の方では割と甘い物がお祝いや日常の食卓にも多いと言う事を。

またしても無知を恥じる羽目になったが、今日も差し入れのシュークリームを食べながらレバ刺に思いを馳《は》せる自分を
「男みたい…」

と思ってしまうのである。


（2009年11月初出）

幻のビスケット

矢川澄子

やがわ・すみこ
1930年東京生まれ。小説家、詩人、翻訳家。おもな著作に詩集『ことばの国のアリス』、長編小説『兎とよばれた女』、元夫である澁澤龍彦との生活を著した『おにいちゃん　回想の澁澤龍彦』など。絵本・ぞうの「ババール」シリーズの翻訳でも知られる。2002年没。

毎年クリスマス近くになると、わたしの母は一度はきまってその道具一式を持出してきた。まず古ぼけた天火があった。それからハンドルをがらがら回す式の粉篩《ふるい》があった。それから一枚の厚手のベニヤ板——あれはもともとその目的のためにつくられたものか、それとも手頃な蓋板かなんぞを利用していたのか。それから元と先の太さのあまりちがわない、延棒代りの長目の摺子木《すりこぎ》。それからかわいらしい星や花やツリーのかたちをしたブリキ型。そしてもちろん、卵に粉に砂糖、バター、計量カップ、秤《はかり》、……

今日はビスケットをつくる日なのだった。

子供たちは手を洗いエプロンをかけて、白いボールに母の手が器用に材料をこね合せてゆくさまを息をつめて見守っている。なめらかな淡黄色の種が仕上り、延板の取粉の上で棒がくるくると何度か往復して全体が三ミリほどの厚さにのばされると、さあこれからがいよいよ子供たちの出番である。

型抜きはいちばん幼い者たちにもできるたのしいお手伝いだ。年上の子供たちは卵黄でてりをつけたり、レーズンやくるみなどでいろいろ飾付けをする。型抜きしたあとの屑をまるめて紐のようにしてみたり、パイ車で斜にチェックの線を入れたり、工夫はいくらでもあった。型抜きより無駄がないのは四角い短冊型で、そこにたいていギョウコ、スミコなどとそれぞれの名が一枚ずつ彫り刻まれ、自分専用のビスケットが焼きあがるならわしだった。時には天板いっぱいの大きなハート型のもできて、総がかりで丹念なデコレーションがほどこされ、お祝いの辞が書きこまれたりした。

あんまりそんなことに凝りすぎて、うっかり火加減の注意を怠ろうものならさあ大変、異様な煙と匂が天火から流れてきて、せっかくの一皿分の労作をまっくろ焦げにしてしまうこともたびたびあった。

あの旧式ながたがたの天火はその後どうなったろう。わたし自身が黙って勝手に天火を取出し、もっぱらひとりでビスケットを焼くようになったのは、十代の終り、戦後とよばれる暗い一時期のことだ。ビスケットづくりはもはや団欒《だんらん》の年中行事ではなかった。わたし個人の知己の誰彼へのお見舞や友情のしるしのため、あの頃のわたしは何かといえばお菓子づくりにいそしんだのだった。

焼きあがったとりどりのビスケットを有合せの箱につめ、リボンをかける、そんなものは当時まだ町ではごくめずらしかった。

——あたし、あなたのお友達だとよかった。そんなふうに母がもらしたことがあった。敗戦をへだてて、かつてのかわいらしい母から見るかげもなく変り果てた中年の母がそこにいた。

昭和三十年、はじめてできた恋人にそんな一箱をお土産にしてひどく馬鹿にしたような顔をされて以来、娘はほとんどそんなこともしなくなった。

あれから二十年あまり。母は年とって近頃とみに愛らしさを取戻し、娘は逆にあの母の疲れた年頃に近づきつつある。尤《もっと》もこちらは自分の子供たちとビスケットづくりをたのしむような思い出も残念ながら持ちそびれたけれど。お菓子にかぎらず食物のいいところは音楽みたいなもので、食べればあとかたもなくなってしまうことかもしれないのだ。

お八つの時間

向田邦子

むこうだ・くにこ
1929年東京生まれ。脚本家、作家。映画雑誌編集者を経て、フリーに。代表作に「だいこんの花」「寺内貫太郎一家」「阿修羅のごとく」など。おもな著作に『父の詫び状』『思い出トランプ』など。1981年没。

「お前はボールとウエハスで大きくなったんだよ」

祖母と母はよくこういっていたが、確かに私の一番古いお八つの記憶はボールである。

あれは宇都宮の軍道《ぐんどう》のそばの家であった。五歳ぐらいの私は、臙脂《えんじ》色の銘仙の着物で、むき出しの小さなこたつやぐらを押している。その上に黒っぽい刳《く》り抜きの菓子皿があり、中にひとならべの黄色いボールが入っている。私はそれを一粒ずつ食べながら、二階の小さな窓から、向いの女学校の校庭を眺めていた。白い運動服の女学生がお遊戯をしているのが見えた。

初めての子供でおまけに弱虫だったから、小学校に入るまではたしかにボールとウエハス——待てよ、無学揃いの我が家である。本当に球（ボール）と上蓮根（ウエハス）でいいのかしら。念のため明解国語辞典を引いてみたら、案の定違っていた。

ボオロ〔ポ　bolo〕小麦粉に鶏卵を入れて軽く焼いた球型の菓子。

ウエファアス〔Wafers〕西洋ふうの甘い軽焼せんべい。

四十数年間、ボールと思い込んでいたものがポルトガル語のボオロであったこと、ウエファアスの綴りはこうであったことが、やっと判ったわけである。のっけからこの有様だから何とも心もとないのだが、子供の頃に食べたお八つを思い出すままに挙げてみると次の通りである。

ビスケット。動物ビスケット。英字ビスケット。クリーム・サンド。カステラ。鈴カステラ。ミルク・キャラメル。クリーム・キャラメル。新高《にいたか》キャラメル。グリコ。ドロップ。茶玉。梅干飴。きなこ飴。かつぶし飴。黒飴。さらし飴。変り玉（チャイナ・マーブル）。ゼリビンズ。金米糖。塩せんべい。砂糖せんべい。おこし。チソパン。木ノ葉パン。芋せんべい。氷砂糖。落雁。切り餡。味噌パン。玉子パン。棒チョコ。板チョコ。かりんとう――

きりがないからこのへんでやめておくが、昭和十年頃の中流家庭の子供のお八つは大体こんなところだった。

当時、父は保険会社の次長で月給九十五円。アンパン一個二銭だったそうな。今と違って子供はお金を持たされず、買い食い厳禁であった。学校から帰るとまず手を洗い、柱時計の前に坐って、三時を打つのを待つのである。戸棚には私は赤、弟は緑色と色分けされた菓子皿がならび、二、三種のお八つが入っていた。時計の針の進むのがいやにゆっくり感じられて、一度だけだが、踏台を弟に押えさせ柱時計の針を進ませたところ、どういう加減かビリビリッときて墜落し、少しの間フラフラしていたことがある。

うちの父は、正統派といえば聞えがいいが、妙に杓子定規《しゃくしじょうぎ》なところがあって、新聞は朝日、たばこは敷島、キャラメルは森永がひいきであった。

だが私は、森永キャラメルのキューピッドのついたデザインは好きだったが、明治のクリームキャラメルの匂いと、グリコのおまけに心をひかれた。ところが、父はグリコに対して妙に敵意を持っていたようで、

「飴なら飴、玩具なら玩具を買え。飴も食べたい、玩具も欲しいというのはさもしい了見だ」

と機嫌が悪かった。四角四面の父は、グリコの押しつぶしたような自由な形も気に入らなかったのかも知れない。

この頃、一番豪華なお八つは、シュークリームと、到来物のチョコレート詰合せであった。

特に大小さまざまな動物のチョコレートを詰合せた箱を貰うと、子供たちは緊張のあまり上ずってしまう程だった。長男の弟が一番、長女の私が二番目に好きなものを取るのだが、欲張って一番大きな象に手を出すと、中がガラン洞だったりする。小さい犬や兎のほうが、中まで無垢のチョコレートでガッカリしてしまうのだが、こういう場合、父はどんなに弟が泣いても取り替えることを許さなかった。

さしてゆとりのない暮しの中から、母は母なりの工夫で四人の子供たちのお八つ

を整えたのだろうが、私は一銭玉を握って駄菓子屋へ飛び込む買い食いが羨しかった。

ニッキ水やミカン水、お好み焼を食べてみたかった。どういう手段でお金を手に入れたか覚えがないのだが、親にかくれて当て物（いわゆるメクリ）をしたところ大当りで、赤いキンカ糖の大きな鯛をもらったことがある。うちへ帰れば叱られて取り上げられるのは判っていたから、学校の机の中にかくしたところ、体操の授業が終って教室へもどってみると、まっ黒に蟻がたかっていた。

バナナや氷水は疫痢《えきり》になるから駄目。たまに銀座へ出ても、食べさせてもらえるのはプリンとアイスクリームだけであった。綿飴とアイスキャンデーも絶対にいけませんのクチであった。どこの誰が使ったか判らない割り箸をろくに洗いもしないで使ってあるから不潔である、というのが理由である。私はこの十五年ばかりあと、親戚のうちに下宿した時に、初めてお祭りで綿飴を買った。買ったものの、その場で立ち食いが出来なくて、新聞紙にくるんでもらい、下宿めがけて駆け出したのだが、途中で知人に逢ってしまい炎天下で立ち話ということになった。やっと切りあげてまた駆け出してもどったが、あけてみたところ、ベタベタにぬれた新聞紙の中に、うす赤く染まった割り箸が一本転がっているだけであった。

昔の子供は聞き分けが悪かったのかそれとも親が厳しかったのか、お灸を据えたり押し入れへほうり込んだりの体罰はさほど珍しくなかった。子供のほうもさして恨みがましく考えず、撲《ぶ》たれようが往来へ突き出されようが、ワンワン泣くだけ泣くと、あとはケロリとしたものであった。私も、お灸こそ据えられなかったが、お八つ抜きのお仕置きは覚えがある。そんな時、弟は、「お姉ちゃんが可哀そうだ」と、敷居の上に飴玉をのせ、金槌で二つに割って私に呉れたという。今でも姉弟でいい合いになると、母がその話を持ち出すので、私は旗色が悪くなって困ってしまう。

弟で思い出したが、私が小学校へ上った時に、父は私と二つ下の弟の為に机を作ってくれた。デザインは父で、仕事は近所に住む家具職人だった。腕はいいが子沢山で、ガランとして家具ひとつないうちで、年中派手な夫婦げんかをやっていた。折からの不景気で、父は見かねて仕事を頼んだらしい。

今思い出してもあれは何とも奇妙な机であった。飛び切り大型の机に、私と弟が入れ違いというか差し向いで腰掛けるようになっているのである。抽斗《ひきだし》のほかに、脚にはランドセルや草履袋を入れる棚まで作りつけになっていた。モケット張りの椅子も弟のは少し高めに出来ていたし、黒っぽく塗ったサクラの材質も仕上りも堂々たるもので、当時としても相当高価だったと思う。

他人の家を転々として恵まれない少年時代を送った父が、長男長女に子供の頃の夢を託《たく》した作品だったと思うが、残念なことに一人っ子の父は「きょうだい」というものを知らなかったようだ。

大人しくしているのは父の前だけで、私と弟は、やれノートが国境線を越えたの、消しゴムのカスを飛ばしたので大立ち廻りのけんかとなり、大抵、一人は食卓で勉強という仕儀《しぎ》になったのである。

「お父さんがつまらないものを作るから」

と祖母と母は笑いながら陰口を利いていた。おまけに、素人の悲しさで、子供の成長を計算に入れなかったものだから、すぐに使えなくなってしまった。椅子と抽斗の間に足がはさまり、窮屈で坐れなくなったのである。

上物《じょうもの》だが役立たずの大机は、それでも、十一回の引越しの半分をついてきたようだが、いつとはなしに処分されて見えなくなってしまった。

以前テレビでやっていた「ヒカリサンデスク」のコマーシャルを見るたびに、この父性愛の結晶である「きょうだい机」を思い出し、私はひとりで笑っていた。あれはいくつの時だったか、たしか青葉の頃であった。私はこの机に一人で坐って、ふかし芋を食べながら母の「主婦之友」をめくっていた。汗ばんだひじに、ゆったりした大きな机は気持よかった。少女時代の照宮様《てるのみや》の写真がのっていた。いい机だな、と初めて思ったような気がする。考えてみると、これはわが人生初めての机であった。

お芋のふかしたのは、当時よく出てくるお八つであった。衣《きぬ》かつぎや新じゃがいものふかしたのもおいしかったが、何といってもさつまいもで、蓋がデコボコになったご飯蒸しから甘い湯気を吹き上げていた光景をハッキリと覚えている。

私は「おいらん」が好きだった。

薄くてうす赤い皮。紫色を帯びたねっとりとした白。細身の甘い「おいらん」はその名の通り女らしくやさしいお芋だった。

反対に「金時」は大ぶりで、黄金色にぽっくりして、——誰がつけたのか知らないが、この頃になって、この二つのネーミングは本当に素晴しいと思う。それにひきかえ、戦争がはじまってから出てきた「農林一号」は、名前もつまらないが、お芋自体も水っぽく好きになれなかった。この頃から、私達のお八つはだんだんとさびしくなっていった。

お八つは固パンと炒り大豆がせいぜいだった戦争が終って、一時期父はカルメ焼に凝ったことがある。仙台支店長だった頃だが、夕食が終ると子供たちを火鉢のまわりに集めて、父のカルメ焼が始まる。こういう時、四人きょうだい全部が揃わないと機嫌が悪いので、

「勉強もあるだろうけど、頼むから並んで頂戴よ」

と母が小声で頼んで廻り、私達は仕方なく全員集合ということになる。父は、自分で買ってきたカルメ焼用の赤銅《あか》の玉杓子の中に、一回分の赤ザラメを慎重に入れて火にかける。

「これは邦子のだ」

まじめくさっていうので、私も仕方なく、

「ハイ」

なるべく有難そうに返事をする。

砂糖が煮立ってくると、父はかきまわしていた棒の先に極く少量の重曹《じゆうそう》をつけ、濡れ布巾の上におろした玉杓子の砂糖の中に入れて、物凄い勢いでかき廻す、砂糖はまるで嘘のように大きくふくれ、笑み割れてカルメ焼一丁上り！　ということになる。うまく行った場合はいいのだが、ちょっと大きくふくれ過ぎたなと、見ていると、シュワーと息が抜け、みるみるうちにペシャンコになってしまう。こういう場合、子供たちはそんなものは見もしなかった、という顔で、そ知らぬ風をしなくてはならないのだ。

緊張のあまり、ハァ……と大きな吐息をもらしたら、それに調子を合せるようにカルメ焼もため息をつき、ペシャンコにつぶれてしまい、

「ヘンな時に息をするな！」

とどなられたこともあった。

こういう時、うちで一番の笑い上戸《じようご》の母は、なにかと用をつくって台所にいたが、水仕事をする母の背中とお尻が細かに揺れて、笑っているのがよく判った。

私は子供のくせに癇が強くて、飴玉をおしまいまでゆっくりなめることの出来ない性分であった。途中でガリガリ噛んでしまうのである。変り玉などは、しゃぶりながら、どこでどう模様が変るのか気になってたまらず、鏡を見ながらなめた覚えがある。

飴玉だけでなく、何を焦《じ》れていたのか爪を噛み、鉛筆のお尻から三角定規、分度器からセルロイドの下敷きまで噛んで穴だらけであった。人の話を最後まで聞くことが出来ず口をはさむ。推理小説の読み方も我慢なしで、途中まで読み進むと、自分の推理が当っているかどうかが気になってついラストのページを読んでしまう、といった按配《あんばい》であった。

ところが、つい半年ほど前、入院生活を体験した。気がついたら私は飴玉をお仕舞いまでしゃぶっていたのである。病気が気持をゆったりとさせたのか不惑《ふわく》を越した年のせいか、嬉しいような寂しいような妙な気分であった。

子供はさまざまなお八つを食べて大人になる。

「なにを食べたかいってごらん。あなたという人間を当ててみせよう」

といったのは、たしかブリア・サヴァランだったと思うが、子供時代にどんなお八つを食べたか、それはその人間の精神と無縁ではないような気がする。

猫は嬉しい時、前肢を揃えて押すようにする。仔猫の時、母猫の乳房を押すとお乳がよく出る。出ると嬉しいから余計に押す。それが本能として残ったのだと聞いたことがある。子供時代に何が嬉しく何が悲しかったか、子供の喜怒哀楽にお八つは大きな影響を持っているのではないか。

思い出の中のお八つは、形も色も、そして大きさも匂いもハッキリとしている。英字ビスケットにかかっていた桃色やうす紫色の分厚い砂糖の具合や、袋の底に残った、さまざまな色のドロップのかけらの、半分もどったような砂糖の粉を掌に集めて、なめ取った感覚は、不意に記憶の底によみがえって、どこの何ちゃんか忘れてしまったけれど一緒にいた友達や、足をブラブラゆすりながら食べた陽当りのいい縁側の眺めもうすぼんやりと浮かんでくるのである。

そういう光景の向うから聞えてくるのは、私の場合、村岡のオバサンと関屋のオジサンの声である。昔、夕方のあれは六時頃だったのか、子供ニュースというのがあって、村岡花子、関屋五十二《いそじ》の両氏が交代でお話をされた。この声を聞くと夕飯であった。このあと、「カレント・トピックス」という時間があった。男のアナウンサーが、英語でニュースを喋るのである。私は、これをひどく洒落《しゃれ》たことばの音楽のように聞いていた。それにしても私は自分に作曲の才能がないのが悲しい。ハイドンの「おもちゃの交響楽」にならって、わが「お八つの交響楽」を作れたらどんなに楽しかろうと思うのだが、私はおたまじゃくしがまるで駄目なのである。

クリームドーナツ

荒川洋治

あらかわ・ようじ
1949年福井生まれ。現代詩作家、エッセイスト。1976年、詩集『水駅』にてH氏賞受賞。おもな詩集に『渡世』『心理』、随筆に『夜のある町で』『忘れられる過去』など。

クリームドーナツという呼び名のパンが好きだ。二年前から、K駅のわきにあるコーヒーとパンの店に通う。一二〇円。やわらかくて、おいしい。この店でつくるものが特においしいと思う。どうしても原稿が書けないときとか、書けるなこれはと思ったときなど(矛盾するが)この店に、飛んでいく。ミニバイクで八分。クリームドーナツに到達である。

調子のいいときは、そこでクリームドーナツを三つくらいたいらげたいのだが、店の人に、「あら、あの人、またクリームドーナツだわ」とみられるので、ひとつふたつ別の種類のパンをいっしょに買う。するべきことはした。店の椅子にこしかけ、ひと息つく。それからまず二番目に好きなアップルパイを消化。そして目標のクリームドーナツを消化する。ひとつの、おわり。

静寂のひとときが、おとずれる。それから、袋のなかの「テイクアウト」で買ったもうひとつのクリームドーナツをそっと出して、食べる。この手順だとあまり目立たない。

雨の日も風の日も、いまだと決めたら飛んでいく。天気が荒れてきて、途中で引き返したくなっても、あきらめない。雨でびしょぬれになって戻ってくるときもある。犬みたいに。

五〇歳を過ぎた。するべきことはした。あとはできることをしたい。それも、またぼくはこうするなと、あらかじめわかるものがいい。こんなふうな習慣がひとつあって、光っていれば、急に変なものがやってこない感じがするのだ。

店の黄色い袋がずいぶんたまった。好きな本などをそこに入れたり出したりして、

ぼくは子犬のようによろこぶ。この間、ある人が、

「そういうことなら」

と言って、同じような店の赤い袋を、ぼくにくれた。

与客点心

辰野隆

たつの・ゆたか
1888年東京生まれ。フランス文学者。おもな著作に『佛蘭西文學』『ルナアルを語る』。また『あ・ら・かると』『忘れ得ぬ人々』など洒脱なエッセイの書き手としても知られる。1964年没。

嘗《かつ》てパリで、在外研究員と云うよりも寧《むし》ろ呑気な風来坊として、劇を観たり、音楽を聴いたり、絵を眺めたりしてぶらぶらと暮していた頃、毎日午後の三時か四時ごろになると、僕は妙に菓子が食べたくなったものである。菓子が食べたくなると、ヴァレリーの象徴詩もチボーデの評論も、読み続けたり考え続けたりするのが懶《ものう》くなって、下宿の階段を下りて街に出る。行く先は目と鼻の間のモンジュ街のカフエ・ラビラントか、さもなくばサン・ミシェル通りの或る菓子舗《パティシエ》であった。

菓子舗に入って、腰を下すと、僕はいつでもババ・オ・ロムを食べながら珈琲を一杯飲んでしまうと、店を出て、オデオン座のギャルリーで新刊書を漁ったり、近所の古本屋を巡ったりした。

ババ・オ・ロムと云うのは、カステラにロム酒を注《か》けた菓子だが、現今、銀座のコロンバンで売っている同じ菓子にはサヴァリーヌという名がついている。数年前コロンバンでサヴァリーヌを食べて、はしなくもパリのババ・オ・ロムを想い出し、一種のなつかしさを覚えた。サヴァリーヌというのは、フランス十八世紀の食通で『味覚の生理《フィジオロジー・デユ・グー》』の著者ブリヤ・サヴァランの、サヴァランを女性名詞にしたものらしく、ババ・オ・ロムは製法から来た呼称であろう。

ババ・オ・ロムはなかなか旨いものだが、パリで菓子を食べて、こいつは旨いと思ったのはパリでも第一流のフォイヨーというレストランで、食後のデゼールに出したホット・ケーキであった。あんな美味なホット・ケーキはその後何処でも味わったことがない。

このごろ、知人や親戚に招かれて御馳走になると、いつも酒客を以て遇せられる。酒は相当にいける口なのだから、決して不服でも迷惑でもないが、元来僕は「酒は飲まぬが御酒なら頂く」方で、自ら進んで「ああ、酒が飲みたい」などと思ったことは未だ嘗て一度もないし、酒というものをそれほど旨いと思って飲んだこともない。尤《もっと》もゴルフをやった後で飲む麦酒の味は捨てがたいが、ゴルフの後は砂糖水でも――少くも僕には――麦酒に匹敵するのだから、あれは酒の旨さよりも寧ろ水の旨さであろう。

ところで、酒は好きではないと言いながらも、相手があれば、おつき合だけは出来なくもない。数年前、同僚の山田珠樹とさる旗亭で、パリの生活を回顧してフランス文学を語り合いながら、正午から三更《さんこう》まで飲みつづけたことがあった。どうやら二人で三、四升は飲んだらしかったが、泥酔もせず、くだもまかず、あさきゆめみしゑひもせす、とか何とか言いながら、千鳥にも歩まず、六法も蹈《ふ》まずに悠々と家に帰って来た。

どうも僕は酒飲みの傾向を多少持ってはいるらしいが、断じて酒好きではないらしい。その証拠には、煙草は一日も廃し得ないが、酒なら一週間でもひと月でも、飲まずに暮らせる。だから、家では殆ど晩酌をやったことがない。

ところが、甘いものと来ると、これは一日もなくてはいられないのである。今でも時々「汁粉が欲しいなあ！」などと言って女房や子供から笑われることがある。幼稚園、小学校時分から、家に帰れば、いつも母が菓子を用意して置いて呉れたのが習慣になり、第二の天性になったのだろう。中学、高等学校、大学を経て今に至るまで、毎日一度は必ず菓子を食べるのが癖になっている。羊羹でもシュークリームでもキャラメルでもボンボンでも手当り次第に口の中に放りこんで、番茶をがぶがぶ飲むと気分が爽かになる。

では、僕は甘党かというと、そうでもない。左手に盃を持ち、右手に団子の串を摘んで、交り交りに、食っては飲むぐらいの藝当は朝飯前である。要するに酒飲みからも、甘党からも、あまり尊敬されぬ雑種の甘辛人《あまからじん》らしい。

ただ、いまだに忘れられないのは、小学校時代に甫《はじ》めてドロップを口の中に入れた時の旨さである。今から凡《およ》そ四十年ばかり前の話なのだ。父の友人の小花博士が英国から帰って来た時に、他のおみやげと一緒に、ドロップの一箱か二箱を分けて呉れたのであった。然《しか》しその時はドロップという名ではなかった。博士が、これはモルトンというお菓子なんだ、と言ったことを朧《おぼろ》ろげに覚えている。後で、モルトンというのは製菓会社の名だと知ったが、兎《と》に角《かく》当年のモルトンが少年の僕には非常に珍味であったのを今に忘れずにいる。その後、暫くしてから、僕は甫めてチョコレートを食べたのだった。俗に板チョコという奴だが、それはスイスのネッスルという会社のものだった。ネッスルと読むのは英語読みで、本当はフランス風にネストレーとかネートトレーとか読むのだろうが、チョコレートの方は初めて食べた時にはあまり旨いと思わなかった。泉鏡花翁がチョコレートは蛇のような味がするから嫌いだと言ったのを何かで読んだ記憶があるが、誰か豚肉を食うと、西洋婦人の腋臭《わきが》を思い出すと言ったのと対照されて苦笑を禁じ得ない。そういえば、ドロップの中には石鹼の味のするのがあったように思う。兎に角、チョコレートは、三度四度と食べ慣れるに従って段々旨くなって来たのを覚えている。熱湯にチョコレートを溶して、ネストレーのミルクを混ぜて飲むのが非常に好きであった。

冬のキャラメル

長嶋有

ながしま・ゆう
1972年生まれ。小説家。会社員を経て『サイドカーに犬』でデビュー。おもな著作に『夕子ちゃんの近道』『フキンシンちゃん』『問いのない答え』など。

冬といえばキャラメルである。もうずいぶん食べていないし、すすんで買おうと思うこともないのだが、なんとなく雑踏を歩くときに「ああ、キャラメル」と、ほとんどこれは季語のように思い浮かぶのだ。キャラメルは溶けやすい菓子だから、真夏よりも寒い季節に味わうべき、という気持ちがあるのかもしれないが、それだけではない。

僕が子供のときには「ウィンターキャラメル」という、そのものずばりの商品名のキャラメルが売られていたのである（年輩の方はご存じかもしれない）。菓子屋に並んでいた他のキャラメルは「グリコ」「サイコロキャラメル」。高級感ある「チェルシー」や「森永ハイソフト」は出て間もないころだった。「グリコ」にはキャラメルとは別の箱にオマケがついていた。「サイコロキャラメル」は文字通り箱の形状がサイコロであり、食べた後も転がして遊ぶことが出来た。

ウィンターキャラメルには、おまけとしてカードが封入されていた。それもウィンタースポーツの写真のカード。おもにスキーをしている人の写真だったと思う。当時はもう「ビックリマンチョコ」も発売されていたし、プロ野球選手のカードなども含めて、カードのおまけをつけるというのは、子供向けの商売としては常套《じょうとう》手段だった。

だが「スキーをする人のカード」ってなんだろう。子供には少しばかり難解なおまけではないか。小さなカードに写るのはヒマラヤとかアルプスとか、明らかに異国の山だと知れる。直滑降のスキーヤーはほとんど点のように小さく写っている。うろ覚えだが、そんな写真ばかりだったと思う。そういうおまけをみながらキャラメルをかじると、楽しいとか嬉しいとは別のところに気持ちが持っていかれる。

子供だましではない。背伸びをしたい人向けの演出だったのだろうか。子供には「大人びる」という需要もある。だが、ウィンターキャラメルは大人が好んで買うようなものでもない、ただのキャラメルだった。

今は「食玩《しょくがん》」という言葉が定着した。大の大人をターゲットに、なつかしのアニメフィギュアを精巧にデザインしたものを「おまけ」にする。コンビニに並ぶ菓子の多くは、今やおまけと菓子の価値が転倒したものばかりだ。しかし、どの食玩にも気持ちが動かない。「大人だまし」という、妙な言葉さえ浮かんでしまう。

大人になってから知ったのだが、ウィンターキャラメルは北海道に工場のあった古谷製菓が製造していたものらしい。だからだろうか、東京の人はウィンターキャラメルを知らないことが多い。

味は僕も思い出せないが、寂しげなその名前はこれから先もずっと覚えているだろう。季重《きがさ》なりではないけど、冬を二重に感じさせる。子供たちの楽園である駄菓子屋の世界にあってはならないムードだったのかもしれない。もうどこを探しても売っていない。

悲しいカステラ ● 佐藤愛子

さとう・あいこ
1923年大阪生まれ。小説家、随筆家。おもな著作に『戦いすんで日が暮れて』『幸福の絵』『血脈』など。歯に衣着せぬ軽妙なエッセイ「我が老後」シリーズも。

子供の頃、私は大食いだった。特に菓子類は一日中、暇さえあれば食べていた。何が好き、ということはなく、母が買い置きしているものがなくなるまで、飽きもせずに食べていた。グリコ、塩煎餅、ピーナツのたぐいである。

我が家には「お客用かつお父さん用」という菓子があり、それは「子供用菓子」とは別の上等の棚に、塗りの菓子器に入れられて納まっていた。「子供用」は缶に入れられて、いつも長火鉢の前に坐っている母の、背中の所にある三尺の押し入れにしまわれていた。そこには「子供用」のほかに「犬用菓子」もあった。それは一番安いビスケットである。母が留守の時にその押し入れの中の菓子を食べ尽し、犬用のビスケットまで食べてしまったことがある。奈良へ遊びにいった時は鹿の煎餅も食べた。

口に入るものなら何でもいい、というあんばいだったが、一度でいい飽きるほど食べたいと思うのがカステラだった。カステラは常に「お客用」の棚に入っている。それを横目で睨《にら》みながら、仕方なく犬のビスケットを食べたこと幾たびか。

ある日、どこかのおじいさんのお客が来た。客間ではなく居間に坐っている。おじいさんの前にはカステラが出ている。私は横目にそれを見ながらおじいさんの横に坐った。その時居間にはなぜか誰もいなかった。五つか、六つくらいの時のことだったと思う。

多分私の目はカステラに注がれたまま動かなかったのだろう。おじいさんは黙って自分の前のカステラを私にさし出した。私はそれを受け取り、急いで居間を出て（母の来ないうちに）廊下で食べた。

その後、母が父に話しているのを聞いて、おじいさんは金を借りに来ていたことを私は知った。あの人には何度も貸したが返ったためしがない、と母がおじいさんのことをクソミソにいうのが私は悲しかった。「あの人はええ人や」といいたかったが、いえなかった。

今でもおじいさんをいい人だと思う気持に変わりはない。

甘話休題（抄）

古川緑波

ふるかわ・ろっぱ
1903年東京生まれ。喜劇役者、エッセイスト。映画雑誌編集者を経て喜劇の世界へ。エノケンと並び称される一時代を築き、舞台、ラジオ、映画、テレビとおおいに活躍した。おもな著作に『ロッパ食談』『あちゃらか人生』など。1961年没。

もう僕の食談も、二十何回と続けたのに、ちっとも甘いものの話をしないものだから、菓子については話が無いのか、と訊いて来た人がある。僕は、酒飲みだから、甘いものの方は、まるでイケないんじゃないか、と思われたらしい。
ジョ、冗談言っちゃいけません。子供の時は、酒を飲まないから、菓子は大いに食ったし、酒を飲み出してからだって甘いものも大好き。つまり両刀使いって奴だ。

だからこそ、糖尿病という、高級な病いを何十年と続けている始末。

じゃあ、今日は一つ、甘いものの話をしよう。今両刀使いの話の出たついでに、そこから始める。

僕は、いわゆる左党の人が、甘いものは一切やらないというのが、何《ど》うも判らない。

然《しか》し、まんざら、酒飲み必ずしも、甘いものが嫌いとは限らない証拠に、料理屋などでも、一と通り料理の出た後に、饅頭なぞの、菓子を出すではないか。

あれが僕は好きでね。うんと酒を飲んだ後の甘いものってのは、実にいい。

殊に、饅頭の温めた奴を、フーフー言いながら食うのなんか、たまらない。

アンコのものでも、ネリキリじゃあ、そうは行くまいが、饅頭系統のものは、温めたのに限る。京都の宿屋で、よくこれを朝出すが、結構なもんだ。

と、話は餅菓子、和菓子に及んだが、僕は、洋菓子党です。

子供の時から、ビスケットや、ケーキと呼ばれる洋菓子を愛し、今日に至っても、洋菓子を愛している。子供の頃、はじめて食べた、キャラメルの味から、思い出してみよう。

森永のキャラメルは、今のように紙製の箱に入ってはいず、ブリキ製の薄い缶に入っていたと覚えている。そして、キャラメルそのものも、今の如く、ミルク・キャラメルの飴色一色ではなく、チョコレート色や、オレンジ色のなど、いろいろ詰め合せになっていた。

味も、ぐっとよくて、これは、森永さんとしては、はじめは、高級な菓子として売り出したものではないかと思う。

ブリキ缶には、もうその頃から、羽の生えた天使のマークが附いていた。

森永のミルク・キャラメルに前後して、森永パール・ミンツなどという、これは庶民的なキャンディーも売り出された。

これらの菓子は、種苗などを入れるような紙の袋に入っていた。

小学校の遠足に、それらの菓子が如何にもてはやされたか。

キャラメルも、ネッスルのや、その他色々出来たし、水無飴もその頃出来た。

チュウインガムが流行り出したのも、その頃。

その頃というのは明治末期のこと。

さて然し、それらはみんな庶民的な、西洋駄菓子であって、贅沢なおやつには、風月堂のケーキ、青木堂のビスケットなどが出たものである。

風月堂の、御進物用の箱を貰った時の悦びを忘れない。上等なのは、桐の箱入りで、デコレーションの附いた、スポンジケーキが、ギッシリと詰っていて、その上へ、ザーッと、小さな銀の粒や、小さな苺の形をしたキャンディーが掛けてあった。掛けてある、という感じなのだ。そのスポンジケーキの合間々々に在る姿が。桐の箱の蓋を除ると、プーンと、ケーキのにおいが鼻へ来る。温かいような、バタのにおいである。

青木堂のビスケットと書いたが、ビスケットと言っても、これはクッキーである。その種類色々あり。

マカロンが先ず第一の贅沢なもの、これは後年「人形の家」のノラが、しきりに食べることを知り、イプセンも、マカロンの愛用者ではなかったかと思った。

マカロンの、いささか濃厚な味は、然しフランスの乾菓（キャンディーではない。いまで謂《い》うクッキー）の王者だった。

マカロンの他にデセール、サブレー、ウーブリ、ビスクイなどという種類があり、乾葡萄の枝ごとのもあった。

これらは、実に美味いとも何とも、口に入れれば、バタのコッテリした味が、ほろほろと甘えて来る。ああ思い出す。

僕は後年、あれは（あんなに美味かったのは）子供の頃のことを、美化して思い出しているんじゃないかな？　という気がして来た。つまり、あれを今食べてみれば、大したことはないんじゃないか、と。

ところが、最近その頃の青木堂に関係していた人に、青木堂では、それらの乾菓は、当時フランスから輸入していたのだということを聞いて、それじゃあ美味かった筈だと思い、昔は随分日本も贅沢だったんだなあと思った。

青木堂という店は、当時市内何軒かチェーンストアーがあり、僕の言っているのは麹町の店のことである。

本郷の赤門傍にも青木堂があって、その二階は喫茶部になっていた。そこで食ったシュウクリームの味、それに大きなコップに入ったココアの味を覚えている。

そういう乾菓を愛したせいか、長ずるに及んでも、僕はクッキーの類が好きだった。

戦争前は銀座のコロムバンのクッキーが、何と言ってもよかった。

神戸のユーハイムその他にも、クッキーは美味いのがあったが、僕はコロムバンのを一番好み、二番目は、トリコロールのだった。トリコロールの方は、少し甘過ぎて、ひつこかったが、又別な味があった。

これらのクッキーを、僕は旅行先へも送らせて、毎朝愛食したものである。さて、それでは、クッキーは戦後何処がうまいか、ということになると、僕は戦前ほどうまいものは現在は無い、と答える。

然し、それは無理もないのだ。第一にコナの問題だ。第二にバタである。戦前のような、見るからに黄色い、濠洲バタというものが入らなくなったのであるから、(今のようなバタくさくないバタというものは、此の場合何うにもならない)やむを得ないことなのだ。そのため、現在の東京で造られているクッキーは、その原料の関係上何うしても昔のような、適当な堅さが保てなくて、堅すぎるか軟かすぎるか、何っちかになっている。

イヅミヤのクッキーは、大分有名になったが、一寸《ちよつと》煎餅を食うような堅さで、ポリポリ食わなければならない。味はバタっ気こそ少いが、うまく出来ている。

クローバーのはちと甘過ぎるが、味はリッチな感じ。一方が甘過ぎるからというのか、ここにはチーズ味の（甘味抜きの）クッキーもあり、これは「飲める」。

ケテルでも、クッキーを売っているが主力を注いではいない。パウンドケーキや、フルーツケーキは上等だが、ここのクッキーは、こわれやすくて、家へ持って帰れば、粉々になってしまう。

ジャーマン・ベーカリー、コロムバンなども試みたが、今のクッキーの欠点、こわれやすいというのを免れない。

先日、大阪へ行った時、此の話が出て「そんならうちのを食ってみて下さい」と、阪急の菓子部から、クッキー一箱貰って持って帰ったが、汽車中、こわれることもなく、味もオーソドックスで、結構なものだった。

アマンドのクッキーは、甘過ぎる行き方でなく、割に淡い味なので飽きが来ない。店の名の通り、アーモンドをうんと使った、クレセントマカロンが一。小さなパルミパイもよし。堅さも適当だ。

専《もっぱ》らクッキーについて語った。

次回にも、もう少し甘い話を続ける。

菓子

池波正太郎

いけなみ・しょうたろう
1923年東京生まれ。小説家、劇作家。おもな著作に『鬼平犯科帳』『剣客商売』『仕掛人・藤枝梅安』の三大シリーズなど。『食卓の情景』『散歩のとき何か食べたくなって』など旅、食、映画に関する随筆も多数ある。1986年紫綬褒章受章。1990年没。

私が子供のころの昭和初期には、いまのように菓子の種類も多くなかったし、洋菓子といえば、ドーナツとシュークリームとカステラの三つしか知らなかった。

東京の下町の子供たちにとっては、シュークリームなぞというものは、それこそ、「泪《なみだ》がこぼれるほどに……」

高貴で、ぜいたくな菓子であったといえよう。

まず、われわれが毎日よく食べたのは、駄菓子屋の菓子である。

鉄砲玉、かりん糖、豆ねじ、ハッカ糖、ゲンコツ飴、イモ羊かん、むし羊かん。

それに、あんこ玉なぞというのは、いわゆる〔アテモノ〕なぞという籤引《くじびき》があって、一等に当ると、一銭で、それこそ大人の拳《こぶし》ほどのあんこ玉が当る。

私は、この特大あんこ玉が当ると、家へ持帰り、母の眼をかすめて生玉子の黄身を一つ、うどん粉の中へ割入れ、水でかきまわしたやつを、フライパンにゴマ油をたっぷりとながしたのへながしこみ、これが、ふわふわと焼けてきたところへ、あんこ玉の三分の一ほどを細長く置き、くるくると巻いて皿へとり、熱いうちに黒蜜《くろみつ》をかけて食べたものだ。

それに、西郷玉といって、サツマイモを四角のあられに切ったのを固めて油で揚げたのへ、砂糖をかけたものだとか、金華糖に、あやめだんご。砂糖ビスケットに、きびだんご。

塩豆に砂糖豆に杏《あんず》だんご……と、このように書いていたら切りがない。

煎餅は堅焼に、ふわふわ煎餅といって小さな団扇《うちわ》ほどもある薄焼のと、ソースを塗ったソース煎餅なぞというのもあった。

それに〔一本むき〕というやつ。

これも籤引であって、ボール紙に、おみくじのように巻いた籤が貼りつけられていい、一銭でこれを引きむくと、外れは五厘、大当りは十銭というのだからたまらない。

ずいぶんと、一本むきに入れあげたものだ。

そのころ、叔父が買って来た〔虎屋〕の〔夜の梅〕という羊羹《ようかん》を、はじめて食べて、そのうまさに、私は眼をむいたことがある。

(これが羊かんなら、いままで、おれが食べていた羊かんは、うどん粉のかたまりみたいなものだ)

と、おもった。

そのころから現在に至るまで、私がもっとも好きな菓子といえば、やはり〔長命《ちょうめい》寺《じ》山本屋〕の桜餅であろう。

いまから二百何十年も前に、大川(隅田川)の向島《むこうじま》堤の桜が江戸名物となり、それにちなんで売出されたこの菓子は、うすくて白い、冷《ひ》んやりとした皮に、さっぱりした味の餡《あん》を包み、この上へ桜の葉をあしらった簡素なものだが、私どもにいわ

せれば、その味、その姿、その風趣、いずれも、

（まさに、江戸の菓子だ）

と、これを見るたび、食べるたびに感じるのだ。いまも、長命寺の桜餅が、むかしのままの姿と味を保ちつづけていることは、浅草育ちの母や私にとって、こころ強く、たのもしくさえおもわれるのである。同様に、近くの言問《こととい》だんごも、これまた、まぎれもない江戸の菓子だ。

それから、下谷・黒門町《くろもんちょう》の〔うさぎや〕のどら焼。これは、私が戦前つとめていた株式仲買店〔杉一〕の主人《たいしょう》・杉山卯三郎氏の大好物で、私の家が近いものだから、小僧時代から私を呼びつけ、

「正どん、明日、〔うさぎや〕をたのむよ」

と、金をわたされる。

そのときは、出勤前に〔うさぎや〕へ寄り、どら焼を買って来るので、遅刻をみとめられた。

だが、小僧から一人前になっても、〔うさぎや〕の使いは私ときまっていたもので、戦争がはじまると、行列をつくって順番を待たなくてはならず、

(いい若い者が、こんなことをさせられてはやりきれねえ)

とおもったものだ。それでも辛抱《しんぼう》をして買って行き、店の隅にある〔大将〕の机へ持って行くと、中から二個ほどつまみ出し、

「おあがり」

と、私にくれる。

株屋の〔大将〕にしては、まことに物堅い人であった。

◇

いまの私は、ほとんど間食をしなくなったから、菓子をつまむ機会が少なくなった。

しかし、仕事に疲れたとき、やはり甘いものが、「ちょいと、ほしくなる……」のである。

こういうときには、名古屋の〔両口屋《りようぐちや》〕で出している〔二人静《ににんしずか》〕という、上質の砂糖を紅白に、小さく丸く型《かた》どり、二つを合わせてうすい紙にくるんだ干菓子をつ

まみ、濃い茶をのむ。

品のよい、いかにも清楚《せいそ》な菓子だ。

この点、富山の小矢部《おやべ》市の〔五郎丸屋〕の〔薄氷《うすごおり》〕もよい。

三十代のころは、芝居の仕事をしていて、大阪で稽古をつづけているときなど、稽古帰りにしたたか酒をのんだあと、法善寺の〔夫婦《めおと》ぜんざい〕などを軽く食べたりしたものだが……。

酒後の甘味は、躰《からだ》に毒だそうだが、また捨てがたいものがあるようだ。

京都や金沢、松江など、古い町では当然、茶の稽古がさかんであり、したがって、菓子もおいしい。

京の有名な菓子舗のことはさておき、私が京へ出かけて、よく食べるのは、北野天神・境内の〔長五郎餅〕だ。

これも〔天神さま〕へ詣《まい》った帰りに、境内の茶店で食べるところがよい。

それに、今宮神社・門前の〔あぶり餅〕も大好物である。

このあたりの風景は江戸時代そのものであって、あぶり餅を売る〔一和〕や〔かざりや〕の店がまえも同様に古風をまもりぬき、竹の串《くし》であぶられた小さな餅を、甘いたれにつけて食べる情趣は、たまらなくよろしい。

　ここまで書いたとき、いまは大阪に住んでいる弟が上京して来て、河内の〔桃林道〕の〔五智果《ごちか》〕と、リキュール入りの十種類のゼリー菓子〔桃のしずく〕を、みやげにわが家へあらわれた。

〔五智果〕は、野菜と果物の砂糖漬で、野趣と洗練が渾然《こんぜん》と溶け合ったユニークな菓子であり、〔桃のしずく〕は、それこそ冷蔵庫で冷やし、酒後の舌をたのしませてくれる逸品といえよう。

きんとん ● 阿部艶子

あべ・つやこ
1912年東京生まれ。小説家、評論家。おもな著作に『愛すること愛されること』『ハイカラ食いしんぼう記』など。結婚により一時阿部艶子を名乗るが、その後旧姓の三宅艶子をペンネームとした。1994年没。

小さい時私はきんとん（栗の）が好きだった。誕生日やおひなさまやお正月には、かまぼこやきんとんの口取《くちとり》料理があった。母が当時日本橋にあった魚河岸《うおがし》の何とかいう店から買ってくることもあり、他のものは買っても、きんとんだけ母が作ることもあった。うちで作ったのも、日本橋から買ってきたのも、どちらも、私は好きだった。大晦日《おおみそか》だか三十日の夜更け、さつまいもを裏ごしにかけたり、栗を煮ふくめる砂糖を鍋にかけて玉子のからであくをとっていた母の姿は、思い出してもなつかしい。

小学校の入学試験のようなもので、簡単な質問をされたことがあった。その時、「食べるもので一番好きなのは何ですか」と言われ、私はもちろんきんとんと言いたかったのだが、どういうわけかそれをためらった。私は子供心にきんとんでは少し甘くていけないような気がしたところもあった。しかし、それよりも一番好きな食べ物のことは、こんな大勢の人の前で洩《も》らしたくないような気がしたことのほうが強かった。なんで秘密にしたかったのかおかしいけれど、私はきんとんのことは言うまい、ととっさに思い、それから少し考えて「おさしみ」と言った。今でもあの時の自信のない言い方の「おさしみ」という小さい声を、はっきり私は覚えている。小学校にはいるのに、嘘をついてしまったという呵責《かしやく》が私をせめたてて、試験の先生の前に顔を上げられなかった。私の大好きなきんとんに対して悪いことをしたような気持と、反対にきんとんのことを言わないでよかったという安心とがいりまじって奇妙な気持であった。

私はそれからしばらくの間、食卓におさしみがあると、その時を思い出してあっさり食べることが苦しかった。

きんとんについてはもう一つおかしな思い出がある。年若い叔母の家に、やっぱり六つか七つの時だと思うが、時たま私一人泊りがけで行ったことがあった。たぶん叔母が私の家に来た帰りに私を連れていったのだろう。私はそんな道順のことは忘れてしまったが、母親と二人で住んでいるその家は小さい私にとってたのしい場所であった。私のためにきまったお茶碗もあり、それが自分の家のとは違ってうすい黄色をしていたことも、なんだか嬉しかった。

ある日、その叔母の家の食卓にきんとんがあった。私はきんとんは何かお祝いの日のものときめていたので、思いがけなくうれしく、胸がどきどきするほどだった。私は、ほうれんそうだのおさかなだの、お吸物だの、御飯だのを「おりこうに」食べ終った。一番好きなきんとんは、あとまでとっておいてゆっくり食べたかったのだ。すっかり他のものを済ませて、さあこれからきんとん、と私が思った時に、叔母が「まあ、艶ちゃん、きんとん残したの？ 変な人ね、好きかと思っていたのに」と言った。私はびっくりして叔母の顔を見ると、せっかく好きかと思って用意したものを食べてくれないという不満な顔つきで、さっさと私のとっておきのきんとんを台所の方に持っていこうとしている。私は今にもべそをかきそうだったのだが、あんまり悲しいのでかえって泣き出すこともできず、じっとだまってそれを見送った。

「好きだからとっておいたのよ。これから食べるところなのよ」とひとこと言いさえしたら叔母も失望から救われるし、だいいち私は何より好きなきんとんを無事に食べることができるのだ。そのぐらいのことは七つの私にもわかっていたのだけれど、初めに食卓を見て嬉しいと思った気持と、「なんだ嫌いなの」と片づけられる時の悲しさとが、あんまり強くて、そのためにただ恥しさばかりが拡がって、なんにも口がきけなかったのだろう。

一番好きなひとのことは誰にも言わないで、二番目ぐらいに好きなひとのことをあれこれ話題にするということがある。それに一番好きなひととは、あんまり好きなために何も口もきけず、他のひととばかり親しくするので、その一番好きなひとが自分のことなんか関心もないのだろうと思い間違えることもある。私の小さい時のきんとんに関する心の中の事件は、まるでそのような恋の心理にも似ていたようだ。

今では小さい時のように口取りのお料理に情熱はない。二番目に好きだったおさしみにしても、この世の倖せと思われるぐらいおいしいおさしみにも出逢えば、食べるのが問題のような困ったおさしみもあり、おいしくも不味《まず》くもない中ぐらいのおさしみもあるということがわかってみれば、好きなものはおさしみです、などと簡単に答えられはしない。

食べるものの好き嫌いも、そのときどきのお腹の空き方や、気分や、作る人の腕や、自分のふところ加減や、一緒に食べる人のとりあわせや、いろいろのことが影響するので、何が一番好きと言えるものでもない。好きなものでもたびたびつづけては倦《あ》きるし、大変上手な板前やコックの腕でも、その日の河岸の風の吹き廻しにもよるし、すべてのことがうまく出あっておいしいものにぶつかる時は嬉しいことである。また海辺でとりたての貝を海女が体を温めるたき火で焼いて食べる味は、くらべものもなくおいしいが、これもある日の気分によることだろう。

しかし小さい時に、恋する気持に似たほど好きだったきんとんだけは、今でもやっぱり好きなのだからおかしい。私はあんのお菓子をあんまり食べず、たまにおいしい水ようかんぐらいは好きだと思うけれど、長いことお菓子を食べなくてもなんともない。クッキーや西洋菓子は、しょっちゅう欲しくなるほうだけれど、不味いのなら食べないほうがましだ。今のところ私はうちの近くのローザという店のクッキーが、東京じゅうで（あるいは日本じゅうで）一番と思うほど好きである。それでもお酒とお菓子をくらべたら、お酒のほうがよっぽど大事な気がする。疲れた時のビール一杯、夜更けてのコニャック一杯のかわりになるようなお菓子には出逢ったことがない。

それなのに、今でもきんとんを見ると、にやっと笑いたくなるほど嬉しい。私のうちではお正月になんにも世間並の正月の支度というものをしないのに、きんとんが欲しいばかりに、ひととおり口取りの真似ごとを揃える。築地の店からきんとんを必要以上に買ってきて、お重詰をつくり、残りのきんとんを「これは私のよ」と一人でかかえこむいやしい様は、ちょっとひとには見せられないが、私のひそかな愉《たの》しみなのである。もっとも、そんなに好きなきんとんなら、なにもお正月でなくても、三度三度食べたらよさそうなものだが、ふだんはついそんな気にもなれない。小さい時、お祝いのものだ、貴重なものだ、と頭にこびりついてしまったために、今でももっと珍しいお料理よりも貴重なような気がして、心の中で大切にしているらしいのだ。

「きんとんを三百匁《もんめ》、一人で食べてもいい」と言われたりしたら、どんなに嬉しいだろう、と本気で私は思っている。五十匁や百匁では嬉しくなく、かといって一貫目ではごめんだ。小学校の時にどきどきして言えなかった、きんとんへの恋心を今告白する次第である。

甘いものゝ話

久保田万太郎

くぼた・まんたろう
1889年東京生まれ。俳人、小説家、劇作家。在学中に発表した小説『朝顔』、戯曲『遊戯』でデビュー。おもな著作に『露芝』『春泥』『三の酉』など。文学座旗揚げにかかわり多数の戯曲を残した。1963年没。

嘗《かつ》て、わたしは、このごろの若い人達の、汁粉を「飲む」といふのをわらつたことがある。汁粉は「喰ふ」あるひは「喰べる」もので決して「飲む」ものではない。「飲む」といはるべきでない。「飲む」では第一、「味ふ」といふ感じがまるでそこに感じられないではないか。……さういつてわたしは「新時代」を批難した。が、その後、機會のある毎に研究して、わたしのその批難の、それらの人々に全くいはれないものであることをわたしは發見《はつけん》した。すなはちそれらの人々は、汁粉の「汁」をまづ一氣に口へ流し込むのである。しかるのち「餅」に箸をつけるのである。が、それらの人々にとつては「餅」がその主體《しゆたい》ではない。「汁粉」をまづさう流し込むことによつて「汁粉」をもちゐることの目的の大半は果されるのである。……それらの人々にとつて「飲む」といふ言ひ方に決してうそはないのである。

それ以來、わたしは、汁粉についてのその兩様《りようよう》の言ひ方をとつて、その人の年齢、性狀、鄕國、敎養、環境のあらましをまづ知ることに決めた。

わたしは大正三年に慶應義塾を出た。東京市内に始めてカフェエの出來たのは、わたしのその學校を出る少し前である。日吉町にカフェエ・プランタンが出來、鍋町にカフェエ・パウリスタが出來、尾張町にカフェエ・ライオンが出來た。わたしの記憶にもしあやまりがなければ、ともにそれらは明治四十三四年のころ、前後して店を始めたのである。

プランタンとライオンとは酒をうるのを大專とするやゝ自由な西洋料理屋にすぎなかつたが、パウリスタはその當時にあつて、われ〳〵東京の學生に清新な「珈琲店」といふものゝ存在をはつきり教へてくれたのである。どんなにわれ〳〵は、あの苦い珈琲の味を、あの濃厚なドウナッツの舌觸《ざわ》りを愛したらう。……といふのが、つまりは、白い壁にかこまれたしづかな部屋で、清められた石のテエブルのうへで、簡單に、自由に、心置きなく何時間でも、すごすことの出來たのをよろこんだに外ならない。それまで、われ〳〵は、どこにもさうした靜かな天地をもつてゐなかつたのである。中學の末から大學の始めにかけてのわれ〳〵に許された飮食の場所といつたら汁粉屋とミルクホール。……やゝすゝんで蕎麥屋があつたばかりである。……が、汁粉屋にもミルクホールにも、蕎麥屋にもさうした天地はみ出されなかつた。

その後、間もなく、パウリスタでも料理をはじめた。同時に、その時分になると、そのあとやがて來たカフェエ喫茶店萬能の時代がそのきざしをもうみせて來た。われ〳〵はもうそこをたよらなくつてもよくなつた。もつと本筋の、もつといゝ設備をもつたさうした場所がはう〴〵に出來た。……かくして、われ〳〵の、東京のうちにみ出した最初の天地は、漸次、簡易にして安價な食堂に墮して行つた。

約、まだ、十四五年まへのことである。が、いまにしてふり返つて夢のやうな氣がする。……勿論、明治製菓なんて會社は、そのあとずつと經つて出來たのである。

むかしは芥子落雁、いまはベビイシュークリーム……

シュークリームをShoe-creamと疑ふところなく書いた菓子屋がある。

ハムレットといふ題をえて、どんな菓子かと菓子屋へ聞きに行つた川柳家の話を聞いたことがある。

落語『道灌』のなかで「そのとき……村雨がふつて來た」と隱居のいふのに對《たい》して「あゝ野むらの……」と相手がうけるから、そのあと、藤村の、風月の、いろ〳〵菓子屋の名前も分るのである。野むらを菓子屋と知らず、「村雨」をその特製の菓子と知らない落語家のいかに多くなつたことよ。……『佃祭』のサゲの願がけの梨を、林檎にいひかへてあやしまないわけである。

以前は、淺草に、特にこれといふ「淺草みやげ」はなかつた。仲見世《なかみせ》で特にうるものとして「紅梅焼」と「はじけまめ」とがあるばかりだつた。が、「紅梅焼」「はじけまめ」ともに直接觀音さまに關聯《かんれん》する何ものも持つてゐない。たゞそれらは仲見世をえらんで店舗《みせ》をもつたばかりだつた。後にパン屋の木村屋あつて「名所焼」と稱するものを賣りはじめた。在來の「人形焼」をたゞ、提灯《ちようちん》、鳩、五重の塔、それ〴〵觀音さまに因《ちな》みあるものに仕立たにすぎなかつたが、襯衣一つの男が烈火のまへに、まのあたりそこで焼いてみせるのが人氣になり、長い月日のうちにたうとういつぱしの店にした。……その證據《しようこ》には、いまになつて、それを模倣する店が一二けんといはずはう〴〵に出來た。さうしてそれは「紅梅焼」「はじけまめ」の評判を失つた今日、仲見世に缺《か》くことの出來ないうりものになつた。勿論さうなると、元祖の提灯、鳩、五重の塔以外、おの〳〵の店によつてそれ〴〵趣向を異にするものをうり出した。なかには本尊の御影《みえい》をかたどるものさへ現はれた。……これをしも「觀音さま」を喰ふといふべきだらう。

それにつれてもあはれなのは金龍山淺草餅である。震災後いさましい進出をみせたが商賣にならないかしてまたもとへ引つ込んでしまつた。……おそらくは後世その名のみ殘つてどんなものかと惜しまれるのがこの名物の運命であらう。

静岡まで、ようかんを ● 江國香織

えくに・かおり
1964年東京生まれ。小説家、翻訳家、詩人。児童文学作品の『草之丞の話』でデビュー。おもな著作に『きらきらひかる』『落下する夕方』『泳ぐのに、安全でも適切でもありません』『号泣する準備はできていた』など。

お天気のいい午後、母が電話をかけてきて、

「追分ようかんがあるわよ」

と言った。一瞬まができたが、それは私がおどろいたせいだ。追分ようかんは竹の皮に包まれた平べったい蒸しようかんで、私の大好物だけれど静岡に行かなくては買えない。

「ほんとう？　でもどうしてなの？　誰かにいただいたの？」

私は勢い込んで訊いた。以前祖父母が清水に住んでいて、そのころはこの特別のお菓子も身近だったのだが、祖父母が亡くなって以来、追分ようかんは滅多に——ほんとうに滅多に——手に入らないのだ。

「ちがうの。買ったのよ、きのうデパートで」

母は聞き捨てならないことを言う。

「どこのデパート？　物産展でもやってるの？」

母は新宿にあるデパートの名前を言ったが、ようかんのことに私があまりにも大きく反応したのでおどろいているようだった。

「そのものっていうわけじゃないけれど」

などとにわかに弱腰になる。むろん私は問いつめた。

「どういうこと？　追分ようかんが変わっちゃったっていうことなの？」

大好きなお菓子が変わってしまう——あるいはなくなってしまう——というのはめずらしいことじゃない。信じられないくらい清潔でしっかりしたバタークリーム（あのなめらかでつめたい舌ざわり）のはさまった、ルブランのむかしのミルフィーユ、あっさりしていていくらでも食べられたモロゾフのミニシュークリームコアントロー味、それに幻ちゅうの幻、銀のぶどうの杏《あんず》入り大福。祐天寺にあったモントローというケーキ屋さんは、なにもかもおいしかったのにお店ごとなくなってしまったし、資生堂パーラーのきれいなピンク色のソーダ水も、千疋屋のピーチパフェ（夏のみの、熟れた生の白桃をたくさん入れたやつ）も、いまは、もうない。

「落ちつきなさいよ」

あきれるともなだめるともつかない声で、母は私の回想をさえぎった。

「大丈夫、そういうわけじゃないのよ」

母の説明によれば、それは追分ようかんに非常によく似たようかんなのであり、追分ようかんが変わってしまったというのではないのだそうだった。私は安堵《あんど》と失望をいっぺんに味わった。前者は追分ようかんが変わったわけではないことに対して、後者は、母の買ったようかんが本当のそれではなかったことに対してだ。

「似たようかんっていってもねえ」

なにしろ追分ようかんは特別なのだ。えもいわれぬ風味があり、噛んだときのくちっとした歯ごたえは、一口ごとにため息をついてしまうおいしさだ。

母は苦笑した。

「じゃあいいわよ。べつに無理に食べにこなくても」

それはそうだ。私も苦笑する。リビングには日があたってあたたかく、そのせいで部屋のすみのわたぼこりがよく見える。母の声をききながら、私は生まれてはじめて一人で新幹線に乗ったときのことを思いだしていた。誰にも内緒でこっそり敢行した遠出。中学三年生のとき、学校を休んで静岡まで追分ようかんを買いに行ったのだ。春で、あの日もよく晴れていて、東京駅のホームが遠くなるのを息をつめて窓から見た。不安と緊張と期待、それから自分がすっかり大人になったような、懸命で滑稽《こっけい》で甘やかな錯覚。

「変わらないっていうか、成長しないっていうかねえ」

まったく、お菓子に対する私の情熱ときたら、われながらときどき心配になるほどだ。食べたいと思ったら、どこまででも買いにいってしまう。それがたとえば鶴屋八幡のいただきや鶏卵素麵《けいらんそうめん》、杏仁豆腐《あんにんどうふ》の味がしておいしいピエドオルのマドレーヌ、風味絶佳でなつかしくやさしい口あたりのゴンドラのパウンドケーキならともかく、岡山の大手まんぢゅうだったり山形の山田家のふうき豆だったりした場合、買いにいくのもちょっとしたピクニックだ。

「いいお天気ね」

犬をなでながら電話をしているらしい母が言い、

「ほんと」

と、ベランダにでながら私が言う。もうすぐ春だ。空気にいい匂いがする。

「またピクニックにいこうかな」

静岡に、と心のなかでつけたすと、追分ようかんのあの噛み心地を思いだし、私はいつのまにかにんまりひとりわらいしていた。

花見だんご

幸田文

こうだ・あや
1904年、作家・幸田露伴の次女として東京に生まれる。随筆家、小説家。露伴没後に発表した「父」「みそっかす」などの随筆で注目を集めた。おもな著作に『流れる』『台所のおと』など。1990年没。

三つ子のたましい百までというけれど、幼い日においしく食べなれたものは、老いてのちもまだ、そのうまさを忘れず、いつまでもなつかしむ。おだんごとさくら餅、これが私にとってはなんとも懐しい。

としをとると、背丈もたしかに縮むらしいが、胃も縮む。少量ですぐ満腹してしまう。だから間食をしようという気などは、ほとんどおきない。

いいお菓子をすすめられ、おいしいと思っても、半分しか食べられないことがしばしばである。それなのに時によると、無性におだんごがほしくなって、わざわざ買いにやることがあるし、町のお菓子屋さんに〝さくら餅〟と鴇色《ときいろ》の紙がさげてあったりすると、ついふらふらと一ト折、小さいのを求める。家人はそれをひやかして笑うが私も負けずにやり返す。

これは心で食べる菓子なんだゾ、若いもンが年寄りによけいなオセッカイやくな、と。

墨堤の花などといっても、いまはどなたも疑わしそうな顔をするが、もとは墨田川添いの向島は、桜の名所だったのである。

私はそこの生まれなので、花の美しさも花見客の雑沓も知っているのだが、私の十五六歳の当時すでにもう、土地の大人たちは樹勢に衰えがきて、ぽつぽつ枯死するものが出はじめたことを愁えていたのだから、数えればそれがもう五十年の昔である。だから、いまの人が墨田堤の花を知らないのも、無理はない。

おだんごはその堤に、花どきだけ店をだす、よしず張りの掛茶やさんがどこでもおいていた。ゆで玉子と団子くらいしか売るものがなかった、辺鄙な村だったようにおもう。

天を桃色に、裾を草色に染めた目を惹《ひ》く紙へ、花見だんごなどと体裁をつくった名で書いてあったが、田舎ふうな大ぶりな串だんごで、あまり甘くないあんだった。焼だんごのほうは、これはほんとの醬油の付焼きだんごである。今のようにあまからあじの葛仕立ではないから、すこしこげて醬油のしみたうまさは無類、子供たちは大好きだった。

あまり甘くないあんこや焼こげの醬油の、ああいう味はいま思いかえせば、素朴というか単純というか、正直な味だったとおもう。

よしずの掛茶やは花時だけだが、一年中このおだんごをあきなう店も何軒かあって、土地の需要をみたしており、私はその甘さで育ったのである。

遠ざかれば遠ざかるほど懐しいのが故郷であり、老いれば老いたなりになつかしむのが、幼い舌に知った味ではなかろうか。時折、無性におだんごがほしくなるのは、からだが糖分を要求するのかもしれないが、半分以上は心の渇きによるものかとも思う。ことに桜もちにはその傾きが強い。あの桜の葉の匂いには、情感が漂っている。

しかし、向島にもそういう格好の悪い串団子や、五銭で三つくる安桜もちばかりではなかった。長命寺のさくら餅、言問のこととい団子は姿も味も上品であり、名の知れたものだった。ただ、私になじみ深かったのは、横食いの串団子だったのである。

一串に四ヶつきさしてある団子の、一番おしまいに手許へ残った一つを前歯にくわえて、ぐいと竹串を横へ引き抜くときの満足感は、あだおろそかにできない愉快である。そういう食べかたは行儀がわるい、と親たちからはきつく叱られるし、また実際にひとのそんな食べぶりを見れば、下司だなあと興ざめもするが、さて自分の場合になれば行儀も下司もかまってはいられない。ちょいとうしろ向きにかくして、ぐいと横食いすればそのうまさ、あまり甘くないあんが舌にからまってくる、その触感のやさしさ。

たぶん、この先もまだ時折、私は串団子やさくらもちを買うだろうと思う。

らくがん

井上靖

いのうえ・やすし
1907年北海道生まれ。小説家。新聞社を経て作家活動に。多くの歴史小説を残した。おもな著作に『あすなろ物語』『しろばんば』『おろしや国酔夢譚』など。1976年文化勲章受章。1991年没。

私は幼少時代を郷里である伊豆半島の天城山麓の小さい村で過した。現在この村は温泉場として多少はその名を東京方面にも知られているが、私の住んでいた頃は一年にほんの数える程の湯治客があるだけで、三十戸程の農家が渓谷と下田街道の附近に散らばっていた。

それでも村に菓子屋は二軒あった。一軒は半分百姓をやりながら、家の人が菓子を作って売っている店で、もう一軒は小さいが純然たる菓子屋であった。併し、そのどちらも、店の板の間に水平に並べられた硝子ケースの中にはいっている菓子の種類は知れたものであった。

ゴマネジと言う一寸ばかりの長方形のオコシを二ひねりほど捻《ひね》ったもの。名前は忘れたが最中《もなか》の蓋の一つに黒砂糖を流し、それに小豆をばら撒いたもの。塩煎餅と味噌煎餅。黒玉と称する黒砂糖の飴玉、水晶玉と称する白砂糖の飴玉。水晶玉の方は形が大きく薄荷がはいっている。それから少し高価なものは饅頭とらくがんである。らくがんは大抵桃の形をしていて、葉のところが青く、実のところが桃色であった。勿論私たちはその頃らくがんなどという洒落た名前は使わなかった。みじん粉の菓子とか、みじん粉のうちものとか言っていた。

私はその頃みじん粉の菓子が、菓子の中で一番上等だと思っていた。菓子屋では、時々大きなみじん粉のうちものを沢山造った。村に葬式か祝言がある時である。葬式の時も祝言の時もそのお振舞の引出物はみじん粉のうちものに決まっていた。饅頭の時もあったが、みじん粉のうちものの方が何となく上等に考えられていたようである。葬式の時は菊の花の形で花蕋《はなしべ》だけが黄色になっており、祝言の時は赤い鯛であった。

法事の時も勿論このみじん粉の菓子であったし、小学校で三大節の時生徒が貰う菓子もみじん粉で、学校から貰うものはみな菊の紋章にかた取られていた。

小学校の三年の時、当時地方の小都市に居た軍医であった父から、菊の紋章の形にうたれた小さいみじん粉の菓子が二個、着物か何かの間にはさまって送られて来た。父が何かの関係で宮家から頂いたもので、私と祖母はそのお裾分けに預ったわけであった。祖母はそれを小さく幾つかに割り、部落に散らばっている親類縁者の家へ配り歩いた。みんな押し戴いて真剣な顔をしてそれを口に入れた。村の菓子屋のみじん粉よりずっと粒子が細かく、ずっと甘かった。舌の上にのせると、確かにそれはなんとも言えない軟かさで溶けた。

中学校の時、私は沼津で二年間禅宗の寺に下宿した。ここには供物のみじん粉のうちものがいつも沢山たまっていた。寺の人も私もみじん粉の菓子には辟易した。それらの大部分はいつも石のように固くなっていた。余り沢山たまると寺ではそれをいっきに処分するために鍋の中に入れて煮た。これは汁粉とは違って異様な味であった。

高等学校へはいってもみじん粉の菓子とは関係があった。それは私が金沢の高等学校へはいったからである。私は帰省の度に母からの依頼で森八《もりはち》の長生殿《ちようせいでん》を土産にした。薄い紙に包まれた赤と白の菓子を幾箱も携えて、私は北陸線に乗ったものである。私は今でも長生殿を見ると、金沢を、殊に雪のちらちらしている金沢の町を思い出す。森八の店先に箱に入れられたまま並んでいた長生殿の赤と白の色は確かに雪のちらついている日に見ると、何とも言えない美しさがあった。

現在私は甘いものは余り好きでない。よほどの時でないと手を出さない。併し、旅行先でらくがんが土地の名物になっているのを見ると、妙にこれを土産にしたり、他処へ送ったりしたい誘惑を感じる。その土地の人に他の菓子を勧められても、どうもらくがんの方に牽《ひ》き付けられる。みじん粉の菓子に自然に義理を立てる結果になるようである。

高山へ行くと印譜《いんぷ》らくがんというのに、仙台へ行けばらくがんの親戚のしおがまに手が出る。松本へ行くと、いつもそばらくがんとか栗らくがんとかいうのを何箱か郵送して貰うことになる。

この間穂高へ登ったが、上高地からもやはり家にらくがんを送った。何も山登りの記念にまでらくがんを送る必要はないが、これは全くみじん粉のうちものに対する私の仁義とでも言うべきものであろうか。

併し、私の家ではたれもみじん粉の菓子は好きでない。封を切らないまま、戸棚の隅に置いてあるのを時々見かける。

先日家の者に一体らくがんを食べるものがあるかと訊いてみると、

「僕一人で食べているよ」

と高校一年の長男が答えた。取りわけ好きでもないが、あれば食べる程度だということであった。

「だって、戸棚をあけると何時もらくがんがあるんだからな」

そう彼は言った。私がらくがんと特殊な交際《つきあい》を持っていたように、長男もまた私のお蔭で各地のらくがんと浅からぬ関係を持っているようであった。大人になったら、彼もまた自分では大して好きでもないらくがんを、旅先からやたらに送るようになるかもしれない。

くすぐったい白玉

筒井ともみ

つつい・ともみ
1948年東京生まれ。脚本家、小説家、エッセイスト。主なテレビ「小石川の家」「響子」(向田邦子賞受賞)。映画「それから」「失楽園」「阿修羅のごとく」他。主な著作に『食べる女』『舌の記憶』『おいしい庭』など。近著は『もういちど、あなたと食べたい』(新潮社刊)。

我が家の女たち——祖母、伯母、母(三人ともすでに故人となってしまったが)から私へと受け継がれている血、などというと大仰すぎるが、たしかに似ている気質や体質のようなものがあるらしい。この女たちの共通項をあえて三つ挙げるとしたら、一、たとえそれが亭主であれ恋人であれ愛人であれ、殿方に経済的負担をかけての生活にどうしてもなじめないこと。フェミニズムなどでそう思うのではない。

理由《わけ》もよく分らぬままに心苦しく安穏としていられなくて、ムズムズしてしまうのだ。二、みんなやたらと色が白い。三、そのせいなのか、白玉をこよなく愛している。

幼い頃から私は、〝白玉ちゃん〟とか〝白玉娘〟と我が家では呼ばれていた。どんなに忙しい夕暮れどきでも、「白玉が食べたい」というと、母は洗いざらしのエプロンで手を拭いて、さっそく白玉を作ってくれた。食欲というものに見放されてしまったかのように食が細くて痩せっぽちの女の子であったから、たとえそれが白玉であっても何か食べたいなどというものなら、母はもう大喜びなのだ。

鍋にたっぷりの水をはってガスコンロにかけると、棚の中にいつも切らさず入れてある白玉粉を取り出してボウルに入れ、こね始める。私は首をのばすようにして母の手許を見つめている。ちょうど耳たぶくらいの固さになると、親指の先ぐらいを一個として、手の平で丸めながら碁石のような平たい白玉団子を作って、煮立った湯の中に次々入れていく。私も小さな手で、母の見様見真似で団子を作る。鍋の底に沈んでいた白玉が浮き上がってくるのを今か今かと待ちかまえ、手早くすくって桶に汲んでおいた冷たい水へと放つ。白玉はゆらゆらゆっくり水の中に沈んでいく。白玉を冷やすにはやっぱり、ほどよい冷たさで迎えてくれる井戸水がいちばんだ。

白玉を食べるのはたいてい、夏の陽ざしの火照《ほて》りが退《ひ》き始めていく夕暮れどきだったように思う。狭いながら庭にはうち水がされていて、花びらを閉じた朝顔のそばでは、鉄線《てっせん》が鮮やかな紫色で咲きほこっている。巻き上げられた簾《すだれ》の下では風鈴がかすかな音をたてている。出来上がったばかりの白玉をそっと口に入れる。柔らかなやさしさが喉の奥をすべり落ちていく。

白玉のいとしさはあの懐かしいような喉ごしの感触なのかもしれない。味も匂いもこれといって特別なものはない。だからといって味が無いわけではない。ちゃんと白玉らしい味があるのだ。輪郭のぼんやりとした味とでもいうのだろうか。ひっそりしたその奥深い味わいはファンタスティックでさえある。

こんなにまで白玉の好きな私であるから、幼い頃から自分流の食べ方を開発していた。とりたててめずらしい食べ方ではないのだが、母や伯母とはちがっていた。二人はゆで小豆やお汁粉の冷やしたのに白玉を入れるのが好きだった。しかし私にはどうしても小豆の舌ざわりが白玉にはうっとうしかった。小豆ならツブツブを取り去った冷やし御前しる粉にしてくれなくては。「本当にもう、贅沢なんだから」とぼやきながらも、母は布袋でゆで小豆を晒《さら》して、なめらかでほんのり甘い御前しる粉を作ってくれた。それでも私がいちばん好きな食べ方は他にあった。少し大きな平皿の端の方に、水気を少し残したままの白玉を置く。五個か六個。皿のもう一方の端に砂糖をスプーン一杯ほどのせる。静かに静かに皿を揺する。白玉の肌にあった水分が流れて、砂糖を溶かし始める。ぽってり水分を含んだ砂糖になったところで、白玉をまぶして食べるのだ。これが白玉のファンタスティックな味を邪魔しない、なにより美味しい食べ方だ。

ある日、これと同じ食べ方を祖母も好んでいたことを聞かされた。「いやあねぇ、この子ったらおばあちゃんにそっくり」。私が一歳十カ月の時に死んでしまった、記憶の断片の中にしか残存していなかった祖母を急速に身近なものと感じたのを覚えている。その時以来、仏壇の暗がりの中の遺影を、奇妙な親近感を抱いて眺めるようになった。

もうひとつ、白玉によって呼び起こされるちょっと切ない記憶がある。母と伯母との共謀で仕掛けられる〝白玉ちゃんごっこ〟とでもいうような悪戯《いたずら》である。これもたいていむし暑い夜のできごとだったように思う。風呂から出てきた私をバスタオルを持った伯母が待ちかまえていて、きつく抱きしめられたまま畳の上に無理矢理のように寝かされる。そんな姿勢で寝かされるほど私はもう幼くはなかった。三歳か四歳になっていた。そこへ母が天花粉《てんかふん》の丸い紙箱を持っていそいそやってくる。バスタオルが解かれ、たっぷりの天花粉を含ませたパフで私の小さな体はパタパタと叩かれる。「ほらほら、白玉ちゃん」。白い粉だらけになった私は白玉というよりすあまのようになっている。そこから二人の悪戯が始まる。すべすべの粉だらけになった私の体をくすぐり始めるのだ。「ほらほらほら」。身をよじるほど苦しくてたまらないのに、私の口からもれるのは笑い声ばかし。二人はますますおもしろがってくすぐりつづける。

わずか三年足らずの結婚生活で夫と別れる決心をした母と、天才的資質の女優でありながら子供を生むことも出来ないまま精神の薄闇《うすやみ》へとゆっくり沈みつつあった伯母。そんな二人の女が、まるで若い姉妹のように愉しげな声を上げて私の体で遊んでいる。痛みをこらえるのも辛いが、くすぐったさを耐えるのはもっと不快なものだ。それでもじっと歯をくいしばって我慢したのは、そんな二人のはしゃぎの奥に、何か胸をしめつけるような妙に緊迫した気配を嗅ぎとっていたからなのかもしれない。やがて私の肌は汗ばんで、すあまのようにすべすべしていた白い粉も流れ落ち、なまぬるい泣きべそをかいた白玉のようになってしまっていた。

チョコレートの不思議

東海林さだお

しょうじ・さだお
1937年東京生まれ。漫画家、エッセイスト。ユーモアあふれる食エッセイ「丸かじり」シリーズが大人気。おもな漫画作品に『タンマ君』『アサッテ君』など。

チョコレートを両手で持って折り曲げていって、ペキッ、と折るひとときが好き。
板状の硬いほうです。
本当に音がする。かわいい音が響く。
センベイと比べてみてください。
センベイの場合は濁音でベキッと折れてなんだか田舎くさい。かわいくない。

一方、音がしないチョコレートもある。

こっちはサクッと静かにくずれる。

高級品のほうです。たとえばゴディバとか。

板状のペキッのほうは最初のうちはかなり硬い。

しばらく硬くて、口の中で少しゴツゴツしていて、そのうち観念したような瞬間があって、そのあとは少しずつ軟らかくなっていって、やがてトロリとなり、ヌルリとなり、ぬかるみになる。

静かにくずれる高級品のほうは、ぬかるみになるまでの時間が早い。

最初から観念してるんですね。

チョコレートの魅力は、トロリとしてヌルリとした甘いぬかるみに尽きる。

なにしろ大喜びなんですね、甘いぬかるみを迎えた口の中は。

撫でたりさすったり、舐めたり突ついたり、押したり持ち上げたり、舌はもう大活躍、大歓迎。

確かにそのぐらいの大歓迎に値する賓客なんですね、チョコレートは。

なにしろはんぱじゃない怒濤の甘さ。

こんなに甘いお菓子ってほかにあるでしょうか。

キャラメルなんてメじゃないでしょう。

そしてその怒濤の波間にただようかすかな苦み。

苦みってけっこうマイナーな味覚なのだが、ここぞというときにはきちんと登場する。

ここぞと登場して必ず分相応の働きをする。

ビールがそう、サンマのはらわたがそう。

思うに、舌ってヌメヌメとかヌルヌルとかネトネトとか、ナ行系がもともと好きなんですね。

どうもそんな気がする。

太古の昔からずうっとそうだったような気がする。

味蕾《みらい》というのはその形態や機能からいって、ナ行系になじむようにできているような気がする。

だから舌は太古の昔から、ナ行系の甘いヌメリをずっと待っていた。

待っていたのにずっとそういうものは現れなかった。

そこへヌメリの本家チョコレートが登場したから舌はたまったものではない。

そういう舌の喜び方が、チョコレートを食べている間中感じられてならない。

それと、忘れてならないのが香り。

チョコレートの包みを開く。

どうですか顔のまわりを包みこむようなあの香り。

カカオの香り。カカオバターの香り。クリームの香り。そして南国の香り。

そうして、この香りはどこかに風を含んでいる。

香りの中に風が吹いている。

チョコレートの谷を越え、チョコレートの森を吹きわたってくるチョコレート色のそよ風。

南国の、なんだかやるせないような、切ないような香り。

この切なさは何だろう。

恋の予感か、ああ、もう恋なのか、ヨコハマたそがれなのか、なんだかよくわからないが、チョコレートって、なんかこう、どこかで恋とつながるところがあるような気がしませんか。

たとえばセンベイだったらどこをどうやったって恋とつながらないじゃないですか。

どうしたって、渋茶とか、急須《きゅうす》とか、炬燵《こたつ》とか、じいさんばあさんとか、そっちのほうにつながっていくじゃないですか。

そうなのです。

チョコレートには生活感がない。

これがチョコレートの真髄なのです。他の菓子類をひとつひとつ思い浮かべてください。どうです。

どれもこれも、どこかに生活の匂いがするのではありませんか。

たとえばセンベイだと……もういいか。

チョコレートの魅力、もう一つ。

それは色です。

じっと見つめるとそこにあるのは漆黒の肌ならぬ漆茶の肌。つやつやとなめらかでありながらしっとりと湿っていて、磁器と見まがうばかりの肌ざわり。

魅力に満ちた艶消しの光沢。チョコレートは魔性の菓子でもあるのです。

チョコレートを口に入れたとき、人は一瞬とまどう。口の中のこのものをどうしたらいいか。

いきなり噛む人はまずいない。

とりあえずおそるおそるおそるおそる噛む。

おそるおそる噛むと、そのものは少しずつ溶けていく。

溶けていくにしたがって甘みがだんだん強くなっていく。

甘みはどんどん強くなっていく。

どんどん強くなっていってついには怒濤の甘みとなり、ああ、この甘みの果てはどうなってしまうのだろう、と歓喜にうちふるえたとたん、そのものは溶けて消え失せる。

あ、もうちょっと待って、というところでサッと姿を消す。充分引きつけておいてうっちゃる。追いすがる者も振りきる。魔性の菓子といわれるゆえんがここにあります。

チョコレートの不思議、もう一つ。これほど高貴で高位の菓子でありながら、

「おひとつどうぞ」

と、来客に出すことがないこと。

秋袷 ● 中村汀女

なかむら・ていじょ
1900年熊本生まれ。俳人。ホトトギス同人。俳句結社「風花」主宰。おもな句集に『春雪』『花影』、著作に『中村汀女　俳句入門』、随筆に『ふるさとの菓子』『もらってうれしい手紙とは』など。1988年没。

気兼ねして人を使うよりは、自分で働くこととときめて、家事万端、手際よく進めている私の友達の句、

秋《あき》袷《あわせ》羊《よう》羹《かん》厚く切りにけり

披講となり、この句の作者が友達ときまったとき、思わずその人のほうを振り向いたら、そちらからもにこりとした顔が応じた。

羊羹の切り方のむずかしさよ、心のいることよ。秋袷を着た日の落ちつきに、厚目にとはずんだ心意気は、これはわが胸だけが知ること。そしてまたなんと満ち足ることか。好きな客に出すのなら尚更《なおさら》だが、仕事終えた一休みに、自分自身に切る一きれにしてまたうれしいかぎりである。

ちゃんと一棹《ひとさお》幾切れにするときまった切り方となればこれは何の配慮も入らぬわけだが、私たちに委されたものの一棹の切り加減の大事さよと私は言いたいのである。

でも羊羹は食べて始末がいい、最後まで形がくずれないのである。私たちはやはり対座の人に気を配りながら菓子もたべる。最中《もなか》の皮は油断すると散り兼ねない。これは自分が食べこぼす気がして、その瞬間旨さが一時停頓《ていとん》するのである。よくこぼれるものは黄粉《きなこ》をまぶしたもの、どうしようもなくはらりと膝にも落ち、口のまわりもまた汚すのである。

草 餅 の 黄 粉 落 せ し 胸 の へ ん

これは虚子先生の句であって、先生ならば落ちた黄粉を押し拭われつつ平気でいらっしゃるかしれないし、またこれは胸もとをぱっと一はたきすれば、あとかたなく消ゆるもの、先生はこれでよろしいのだろうが、私は黄粉にあさましくこだわるらしいと思うのである。しかし草餅も鶯《うぐいす》餅も葛《くず》餅も黄粉をこぼしつつたべるところに、おいしさも倍加するとまた知らねばならない。

また俳句のことになるけれど、私の句会、これは職場の人たちの夜の集まりである。席にはほんとに心づくしのいささかの菓子が出る。当番の若い人があるとき言った。

「小さくて音のしないものを探しました」

この心づかいは有難かった。かたえにポリポリと耳に障《さわ》る音を立てられたら、何としても句作しにくいのは本当である。人にさしさわりのない菓子となれば、小型にして、適当な柔らかさが必要となる。やっぱり、ものは皆と一緒に同じときに食べたいと私はしきりに思う。大勢のただなかで、ひとりぱくぱくと食べ得る人の度胸をときにはうらやましく、ときにはかなしく思うのだけれど。

おかしな比べかただが、子供はいい。子供の食べぶりはなんと大人たちを倖せな思いにしてくれることか、なめようと、頰ばろうと見守らずにおれないようすは――たしかに大人同士だと、何かお互に、自分の醜い影をそこに感じるからではあるまいか。この意味でキャラメルなど、それを含んだ大人の顔は私はなんだか困るのである。ましてチュインガムは誰の顔もいびつにする。若い女性は一度鏡を前にしてしみじみ噛んでみることだと思う。その点古風な肉桂玉《につけだま》や梅干飴など、ねばりっ気のないものは案外素直な表情でたべられるのではないかしら。

羊羹のことに戻るが、羊羹も、私は楊子《ようじ》などでつつましくたべるよりも、ほんとはあの厚みを手にとってたべたい。煉《ね》りのほども、手にとってじかに口にするときが一番よくわかる気がする。また私は菓子の切口に心ひかれる。割れ目の美しさにたまらない食慾をそそられる。それだから、やっぱり手にとりあげたいのである。饅頭も最中もまたカステラも、手で二つに割ってからたべたいのである。その割れ目から菓子の香と光が飛び立つ思いがする。

羊羹 ● 種村季弘

たねむら・すえひろ
1933年東京生まれ。ドイツ文学者、評論家。異端の作家を紹介し、幻想文学の確立に尽力した。おもな著作に『怪物のユートピア』『ザッヘル＝マゾッホの世界』作品集「種村季弘のラビリントス」など。2004年没。

原稿注文は電話、仕上がりはＦＡＸで送稿というのが、いまでは筆者と編集者のやりとりの常識である。かくいう私も、一度も顔を見たことのない編集者に何度も原稿を送ったことがある。編集過程が希薄になるのを気にする人もいるが、私はそう気にならない。

もっともなかには、こちらの本を一度も読んだことのない編集者がいて、どうしてこの人がこのテーマでこちらに書かせようとするのか、理解に苦しむ場合もある。むかしはちがった。私が編集者だった頃には、原稿注文も受取りも、いちいち足を使った。はじめてお会いする作家なら、徹夜をしてでもさかのぼって近作の三冊は読んでおくこと。これが鉄則だった。もう四十年近くも前の話だから、いまはまず通用しそうもない。

さて、作家のお宅をじかに訪問するとなると、その家の家風ともいうべきものにどうしてもなじまないわけにはいかない。当時は戦後まもない時代とて、奇人作家もすくなくない。新人編集者がおそれをなすような作家神話がごろごろしていた。東京も一等地の豪邸に住み、極端な合理主義者というか、要するにケチで音に聞こえた某大家がいた。この人のお宅に伺うと、まずお茶と羊羹が出る。お茶は飲んでいい。しかし羊羹のほうは絶対に手をつけてはいけない。羊羹は見るだけ。万一手をつけようものなら、当の編集者の社には二度と書いてくれない。そういう「食わずの羊羹」なる怪談が、一時おこなわれたことがある。

食わずの羊羹は何年も何年もの間だれも手をつけなかったので、いまは表面も麁《あら》皮《かわ》のようにゴワゴワに固まり、色は羊羹色というより、人糞が酸化して黒ずんだようなすごみを帯びている。

それを某社の新人がうっかり口にしてしまったのである。食わずの羊羹の由来因縁を知らなかったのだ。奇蹟的にその場で即死はしなかった。かわりに数日間猛烈な下痢が続いた。ようやく下痢が止まり、骨と皮になって出社してみると、とたんに「出社ニ及バズ」ときた。某大家の逆鱗にふれたのだ。

ウソかホントか。しかしそういう怪談が真顔でまかり通った時代もあったのである。編集者は命がけだった。いまは安全だ。電話注文なら羊羹は出ない。食わずの羊羹に手を出して、すんでに落命寸前の毒物中毒に陥ることも、命より大事な職をうしなうこともない。私が電話注文を是とするゆえんである。

「3時のおやつ」の話 ● 伊集院光

いじゅういん・ひかる
1967年東京生まれ。タレント。落語家を経てラジオパーソナリティーとして活躍。現在も深夜ラジオは多くの支持を得、テレビでは博学タレントとして知られる。おもな著作に「のはなし」シリーズ、『ファミ通と僕』など。

「3時のおやつ」といえば「カステーラ」なんてお上品な暮らしを経験したことはない。たいていの場合、おふくろが「母の会」なる謎の集まりで貰ってきた「ピーナッツチョコレート」だったり「カール」だったり。それにしても「母の会」って何だったんだろう? 母はよく「母の会」に出かけては「ハッピーターン」やら「歌舞伎揚げ」やらをちり紙につつんで持って帰ってきたが、あれは全国共通のものなのか？

それはさておき、ここまでに出たお菓子類は「おやつの定義」に含まれていいが、我が家の場合「じゃがバター」や「手羽先」なんてものがまかり通っていて、家に帰って机の上を見ると「お母さんは『母の会（また母の会かよ。何をする会なのか不明）』に行ってきます。おやつは戸棚にあります。みんなで仲良く分けてください」てな手紙。戸棚を開けると皿に山盛りの「手羽先」、なんてことが普通だった。それに何の疑いも持たずに育った結果が、兄弟そろってみんなデブ。「子供部屋が相撲部屋」という状況だ。いまだに何から何までがおやつなのかよくわからない。カレーライスだって甘口だったらおやつで良いような気もするし。

おやつといえば、おばあちゃんの家に行くとお菓子をくれたものだ。そのときおばあちゃんは必ずといっていいほど「お母さんには内緒だよ」といっていた気がする。

あれはおそらく「私は以前あなたにお菓子をあげたところ、あなたの母親から『お義母さま、この子のカロリーコントロールは私がすべて考えておりますのでむやみにそれ以外のものを与えないで下さいます⁉』という嫌味をいわれました。その場は立場も弱い年寄りのこと、納得したふりをしていましたが、私的には孫に『良いおばあちゃん』という印象を与えるためにも秘密裏にお菓子を与えるのでございます。あなたにとってもこれは悪い話ではないと思いますから、その辺を理解していただきたい」という意味合いが込められていたんだなと最近気づいた。

それとおばあちゃんがくれるお菓子はなぜかブルボン系だった。僕だけかと思ったら友人の渡辺君も賛成したのでいい切る事にする。おばあちゃんのくれるお菓子は絶対ブルボン。「ホワイトロリータ」とか「ルマンド」とか。

母親のおやつで思い出すのが、「お弁当のサンドイッチを作ったときのあまりの食パンの耳を油で揚げて味塩をかけたもの」。料理好きの母親がよく作ってくれて、たまにカレー粉をまぶしたものやシナモンシュガーをまぶしたものがあった。

今思えば出来合いの菓子を無造作に買い与えるより出来た母親だと思うが、中一の多感な頃、家に来た男友達に対して自信満々にこれを出されたときは、恥ずかしいやら情けないやらでいたたまれなかった。そのとき友達がいった「田中これ美味いって」「お前の母さんこんなの作れるんだ」という言葉も、今なら彼らの素直な感想だったと思えるが、その時は気を遣われているような気がして内弁慶を爆発させた記憶がある。「普通モンブランとか買ってくるだろう⁉ 貧乏臭いんだよ‼」

思えばあれから20余年。あの「食パンの耳を揚げたやつ」を食べていない。今日のおやつに作ってみよう。あ、でも昼の残りのチャーハンがあるなあ。あ、もしかしてチャーハンはおやつじゃないのかしら？

東京の煎餅

小島政二郎

こじま・まさじろう
1894年東京生まれ。小説家、随筆家、俳人。評伝、小説、大衆的ベストセラー、食味随筆など活躍は多岐にわたる。おもな著作に『緑の騎士』『わが古典鑑賞』『食いしん坊』など。1994年没。

うちの娘や、娘の友だちなどの様子を見ていると、全くと言ってもいゝくらい餅《もち》菓子《がし》などは口にしない。我々と共通の食べものと言ったら、鹽煎餅《しおせんべい》ぐらいのものだ。ところが、この鹽煎餅のうまい家が、戦後一軒もなくなってしまったのは困ったものだ。

鷗外先生は、手紙の封筒に「團子坂上《だんござかうえ》」とだけ書かれる癖があった。その團子坂と向い合った下谷側の坂が首振《くびふ》り坂。長いゆるい坂で、坂の途中に永井荷風の「戀衣《こいごろも》 花笠森《はなのかさもり》」に出て來るお仙を祭った笠森稲荷があり、その入口の右の角に、谷中《やなか》煎餅という煎餅屋があった。

ここのお煎餅はうまかった。主人というのが、そのころ――戰争前、四十五六の男盛りで、子母澤《しもざわ》寛さんの描いた國定忠治のような背のズングリムックリした、赤ら顔の、胸板の厚い、精悍《せいかん》な感じのする、見るから近在出身と言った感じの親父さんだった。

床の低い板敷の店先で、いつ行って見ても頭に手拭を載せて焼いていた。お上さんも、息子さんも、一家中で働いている明るい、感じのいゝ店だった。

店の天井、物干、屋根、どこを見ても、竹の簀子《すのこ》に並べたお煎餅のナマが一杯に干してあって、一家をあげてお煎餅と戰っているような感じだった。この感じも、見た目に快った。

つい目と鼻の先の團子坂には、有名な菊見煎餅があり、池の端七軒町には巖谷小波《いわやさざなみ》先生御命名の色紙煎餅があり、そのほか草加煎餅、淺草の八百屋煎餅、入山煎餅、京橋の入船堂、芝の天狗《てんぐ》煎餅、まだいろ〳〵あるが、この谷中煎餅が一人ズバ抜けてうまかった。

ほかの家の焼いているところを見た譯《わけ》ではないから、口幅ッたいことは言えた義理ではないが、谷中煎餅がズバ抜けてうまかった原因は、材料のよさもさることながら、焼く仕掛けが一風變《かわ》っていたからだと思う。

と言うのは、店のスミの方に石室《いしむろ》ができていて、火をはるか下の方に入れ、お煎餅は思いも掛けぬ上の方に幾段にも載せて、遠火で焼いていた。この石室と、驚くほどの遠火と、この二つがコンガリと堅く焼けて、そのくせ口へ入れると、柔かく苦もなく嚙みくだけて、しかもタワイなくなく、適度に腰があって香ばしい焼き上がりがする原因だと思う。その代り、焼く身にとっては、一ト方ならぬ根氣仕事だったに違いない。だから、焦げたところなど一ッところもなく、醬油がまんべんなく行き渡って光っていた。今の天狗煎餅のように味の素のニオイなんかプンともしず、それでいて醬油の味にコクがあり、醬油が最後に持っている甘味を生かしてあった。

入山煎餅なんか、今としてはうまい方だが、焼き方の不親切な點《てん》、今の時代の人心を如實《によじつ》に現している。肌はザラ〳〵、一枚として焦げていない煎餅はなく、醬油も悪い醤油ではないのに、氣がはいっていないから妙に色がおどんで冴えていない。

これにくらべると、谷中煎餅には一枚一枚に親切心がこもっていて見事だった。いつか魯山人先生が、若狹《わかさ》の國から屆いたグジを、私たちの見ている前で手ずからクシにさして七厘《しちりん》で焼いて御馳走してくれたことがあったが、普通の二倍もある大きな七厘の底の方に眞赤におこった火をホンのわずかばかり入れて、これで焼けるのかと思われるほどの遠火で、あの氣の短い魯山人が腰を落ち着けて、實に氣長に焼いているのを見て私は心を打たれた。焼き上がった切り身には、まんべんなく火が通っていて、焼けこがしなど一カ所もなく、奇麗だった。谷中煎餅の焼き上がりが、全くそれと同じだった。

もう一つ、忘れられないのは、下谷の六阿彌陀横町《ろくあみだよこちょう》にあった屋號なしのカキモチ屋の缺《か》き餅《もち》。

ここは北向きで、暗い店構えだった。やっぱり店全體が板敷で、黒光りに光っていた。大きな石の火鉢を前に、年恰好《としかっこう》の分らない、色の眞黒なお賓頭盧《びんずる》さまのような顔をした親父が、長いハシで休む間なしに何枚ものカキ餅を次から次へと引ッ繰り返していた。火鉢の上の天井には、出來上がったカキ餅を大きなザルに入れて釣るしてあった。

火鉢の上には、鐵灸《てつきゅう》のような太い大きな金網が載っていて、その上に十五六枚のカキ餅が並べてあった。カキ餅と言っても、黄楊《つげ》の櫛型《くしがた》の、黄楊の櫛くらいある大きなカキ餅で、そのころ一錢で焼芋が四本買えた時代に一枚二錢した。

食べ出があって、すぐボリ〳〵となくなってしまうようなことはなく、いつまでも口の中にあった。堅いこと無類で、あのくらい嚙《か》み出《で》のあるカキ餅にはその後出合ったことがない。堅焼きの點では日本一だったろう。その堅いところに、谷中煎餅とはまた違った盡《つ》きぬ風味があった。手織の木綿——と言うよりも、厚司《あつし》のような手ざわりで、いかにもしろうとの手作りの味があった。

焼くのにも、根氣を入れなければ火がシンまで通らなかったろう。焦がすまいとして、黙々として休む間なく引ッ繰り返していた不愛想な親父の姿が、今でも明治の薄暗がりの中に浮んで見える心地がする。そんな厚いカキ餅に、焦げたところなどどこにもなかった。

谷中煎餅とこのカキ餅とが、うまい鹽煎餅の兩大關だった。こんな親切のこもったお煎餅なんか、どこを搜したってありゃしない。従って、今となってはこんなうまいお煎餅も手にはいらないのは當り前だろう。

このカキ餅屋のお上さんは、鳶《とび》のような顔をした、四十がらみの、胸のフックラとした髪結さんで、しじゅうセカ〳〵と忙がしそうにしていた。夫婦そろって無口だったが、一人娘のお咲ちゃんは、鳶が鷹《たか》を生んだというコトワザ通り、色の白い、美人というのではないが、眉の濃い、涼しい目をした、可愛らしい娘だった。お咲ちゃんが梳《す》き手《て》で、白いエプロンを掛けて親子でお得意まわりをしていた。その合間に、二人とも店の手傳いもした。

大地震と戰爭とで、お咲ちゃんの店も、六阿彌陀諸共《もろとも》跡形《あとかた》もなくなってしまった。お咲ちゃんは私よりも五つぐらい年上だったから、もうこの世にいないのだろう。谷中煎餅も、戰爭後二三度行って見たが、氣《け》もなかった。首振り坂は、私の家の菩提寺《ぼだいじ》からそう遠くないし、神田伯龍《かんだはくりゅう》のお墓とはつい向う前だから、近々もう一度捜しに行って見ようと思っている。

私は歯がないくせに、歯ごたえがないのであられ類には餘り手が出ない。しかし、日本橋の室町一丁目にある桝久《ますきゅう》のは純粹で清潔でうまい。ことに、文鎭《ぶんちん》ほどある細長いカキ餅、これなら歯ごたえがあるので、もッぱらそれへばかり手を出しては娘

に

「公平が保てないぞ」

と言っておこられている。桝久のあられを最初におみやげに下さったのは中村汀女さんだった。汀女さんと言えば、熊本へ歸寧《きねい》されるたびに、園田屋の朝鮮飴を送って下さるようにせびっている。ここの柿求肥《かきぎゅうひ》もうまい。

二三日前にも、花柳章太郎の奥さんが見えられて、おみやげに桝久のあられを下さった。一年ほど前から、久米夫人、久保田万太郎の奥さん、佐佐木茂索の奥さん、宮田重雄の奥さん、柴田早苗《さなえ》孃などが集まって、汀女さんを先生にして俳句にいそしんでいる。最近も鎌倉で一會催すことになっているので、細君はその時のお茶請《ちゃう》けに、花柳夫人のおみやげを大事に取って置きたい意向だった。ところが、一方、

「どう思う親父、あのいじましさを?」

とまず娘から火の手が上がって、とう〳〵封を切ってしまった。いちはやくなくなったのが文鎭カキ餅。

徹夜をすると、夜中に小腹がへる。そんな時、鹽煎餅ぐらいが丁度恰好《かっこう》のつまみものだ。ところが、うまい鹽煎餅がない。そういう私の不滿を哀れんで、美容師の

元祖で今鎌倉に隠居している早見君子さんが、手ずからカキ餅を焼いて時々届けて下さる。

なか〳〵やかましいお婆ちゃんだけあって、昔の一流のうまいものを澤山食べて舌が肥えているのと、昔からカキ餅はお年寄に焼いてもらうに限るといわれているのと、この二拍子そろっているからかなわない。どこ一つ焦げていず、色鮮《あざや》かに焼いてある。今も、早見君子さん寄贈のカキ餅をボリ〳〵やりながら、これを書いているのだ。まず今のところ、これが日本一のカキ餅かも知れない。

袋菓子の陶酔

酒井順子

さかい・じゅんこ
1966年東京生まれ。エッセイスト。高校在学中から雑誌にエッセイを発表し、広告会社勤務を経て、フリーに。おもな著作に『ユーミンの罪』『地震と独身』など。2003年の『負け犬の遠吠え』は社会現象になった。

先日、友人の子供と一緒に「カルビーかっぱえびせん」を食べていて、ふと思ったことがあります。それは、「カルビーかっぱえびせんは、おいしいから『やめられない、とまらない』のか、それとも『やめられない、とまらない』からおいしいのか」ということ。

今でも使用されているかどうかは知りませんが、「やめられない、とまらない」というコピーは、カルビーかっぱえびせんとは切っても切れない関係です。そして私は、ものすごく久しぶりにかっぱえびせんを食べて、つい「かっぱえびせんのおいしさの本質」を考えてしまったのです。

コピー本来の意図としては、「やめられない、とまらない」ほどおいしいカルビーかっぱえびせん、ということを表現したかったのでしょう。しかし大人になってかっぱえびせんを食べてみると、「ひたすら食べ続ける」という食べ方自体に、おいしさの秘訣があるような気がするのです。

これはカルビーかっぱえびせんに限ったことではなく、ポテトチップでも柿ピーでも揚げせんでも、袋菓子全般について言えることでしょう。

それら袋に入った「小粒モノ」のお菓子を、一個だけ食べても、それほどの感動は無いのです。しかし、二個目、三個目……と連続して口に入れていくうちに、どんどん「おいしい」という思いは強まっていく。

それは、肉体的な快感をも伴います。袋に手を入れ、菓子の一片をつまみ、口腔《こうこう》にポイッと投入し、歯でガリッガリッと咀嚼。またポイッと投入し、ガリッと咀嚼。

ポイッ、ガリッ、ポイッ、ガリッ……という単調なリズムに次第に身体が乗るにつれ、意識は「無」に近付いていきます。単純行動の繰り返しによって、日常の雑事が次第に脳裏から追放されていくのです。

背徳的行為であるが故の興奮、というものもそこにはありましょう。袋菓子というのは、決して上品な食べ物ではありません。カロリーも高く、健康のために大変よろしい、とされている物でもない。ということは誰であれ、袋菓子を食べる時は一抹の罪悪感を抱えているわけです。

袋を「バリッ」と開ける時の気分は、複雑です。「これを開けてしまったら最後、取り返しのつかないことになるに違いない」という覚悟、「でも少しだけ食べてやめればいいんだし」という油断、そして「でもアタシはきっと途中でやめることなどできないに違いない」という諦念……。

一口、また一口と、袋菓子を食べ進みます。五口目くらいまでは、「まだまだ、引き返せる」と思っている。しかしそこから、加速度がつくのです。「ポイッ、ガリッ」のリズムが、どんどん速くなってくる。気持ちでは、「ヤバい、とめなくては!」とわかっているのですが、坂道を転がり落ちる時のように、身体がもうとまらない。

そうなると、単調なリズムの心地よさと、「こんなに食べてしまって……」という後ろめたさがあるからこその快感で、もう決して後戻りはできなくなります。道ならぬ恋に落ち、罪と知りつつ逃避行を続ける男女のように、堕ちるところまで堕ちるしか、ないのですね。

ということで、「やめられない、とまらない」。子供の頃はただ単純に聞き流していた言葉ですが、案外大人達は、それぞれの深ーい思いを抱きつつ、かっぱえびせんを眺めていたのかもしれません。

せんべの耳

三浦哲郎

みうら・てつお
1931年青森生まれ。児童文学『ユタと不思議な仲間たち』はドラマ化、舞台化されロングラン上演された。おもな著作に『忍ぶ川』『拳銃と十五の短篇』『みちづれ』など。2010年没。

時々子供たちが、東北の北はずれに住んでいる祖母へ慰問の電話をかける。そのついでに、

「せんべいの耳を送ってください。」

すると、祖母はいつも、こないだ五袋も送ったのに、もうなくなったのかとびっくりする。

「もう三日前からないの。だから送って。」

祖母は呆れたような声を上げ、送るのはお安い御用だが胃を悪くしないように食べなければいけないという。

「わかりました。じゃ、待ってます。」

何日かすると、郷里から小包が届く。開けてみると、ビニールの袋に詰めたせんべいの耳が五つ出てくる。

私の生まれ故郷は青森県の八戸《はちのへ》というところだが、私たちがせんべいの耳と呼んでいるのは、郷里で昔からの名物になっている八戸煎餅の耳のことだ。八戸煎餅というのは、小麦粉と胡麻を原料にして鉄の型で焼き上げる塩味の煎餅で、ちょうど両手の親指と人差指で円を作ったくらいの大きさである。いまは器械で大量生産するようになったが、私が子供のころはまだどの店も手焼きで、店先に横長の炭火の炉を据え、そこに長い柄のついた鉄の型を何十本となく並べて、ちょうど焼鳥を焼くときの要領で、がちゃがちゃと裏返し裏返ししながら焼いていた。

鉄の型へ、胡麻をまぶした小麦粉の餅を入れて、長い柄で締めつけ、火にかけると、やがて脹れ上った餅がぷすっ、という音を立てて型の隙間から外へはみ出る。

そのはみ出た部分を、焼き上った煎餅を型から取り出す前に、軍手をはめた手でぱちんぱちんと敲《たた》き落とす。それが、せんべの耳である。二、三センチの短いものから、半円形の巨大なものまで、それぞれ人間の耳によく似た形をしている。

私は、どういうものか子供のころから、円い煎餅よりもこの耳の方が好きで、よくそれを買って貰っておやつに食べた。勿論、耳は一種の屑のようなものだから、煎餅よりは遥かに廉《やす》い。それで、耳だけは私が自分で買いにいかねばならなかった。そのころ、市内のあちこちに八戸煎餅の専門店があったが、大きな耳の出る店と、そうでない店とがあった。大きな耳の出る店へ、「買ーる。」といって入っていって、「せんべの耳くんせ。」というと、頬や腕を粉で白くしたおばさんが、まだ熱い耳を袋にどっさり入れてくれる。それを抱えて店を出て、けれども、とても家に帰るまで待ち切れなくて、途中で大きいのを一つ口に入れる。ところが、焼き立ての耳は半分餅のように歯に絡みついて、なかなか呑み込めない。家の手前まできて、目を白黒させるのがしばしばであった。

いつか、一家で郷里へ帰ったとき、子供たちにせんべの耳を試食させたら、忽ち好きになってしまって、いまではなによりのおやつになっている。近頃、八戸煎餅は南部煎餅という名で東京のデパートなどにも進出しているが、勿論、耳は地元にしかない。それで、なくなれば郷里にいる私の母へ注文して、送って貰うわけである。

子供たちばかりではなく、私も妻も、お茶を飲みながらぽりぽり食べたりする。外で変なものを食べてきて、口のなかがなんとなく不味いとき、これを二つ三つぽりぽりやると、すっきりするから妙である。私は、二日酔いの朝、これをコップに半分ほど入れて、醤油を二、三滴たらし、熱湯を注いで、ふやけたところをスプーンで食べる。

耳が缶に乏しくなると、夜、外へ飲みに出掛ける私に、中学二年の長女がこういう。

「お父さん、今夜はほどほどに。明日のお薬が心細いわよ。」

私は、そろそろ田舎へ注文しなければ――そう思いながら出掛けていく。

おはぎと兵隊

久住昌之

くすみ・まさゆき
1958年東京生まれ。漫画家、漫画原作者、エッセイスト。漫画原作では、作画・泉晴紀の泉昌之名義『かっこいいスキヤキ』、作画・谷口ジローの『孤独のグルメ』など。おもな著作に『孤独の中華そば「江ぐち」』『食い意地クン』など。

母は今年、七十八歳になる。

山梨の山間の町で育って、女学校のとき、太平洋戦争を経験した。

去年たまたま実家に帰ったとき、ちょうどお彼岸で、母はおはぎを作っていた。

子供の頃、夕飯がおはぎだったことが何度もあったが、あれは今思うとお彼岸だったのかもしれない。

記憶にあるのは、なぜか大きなおはぎを、ごはん茶碗に入れて、箸で食べていたことだ。なんでそんな食べにくそうな食べ方したんだろう。

おはぎには小豆のおはぎと、ゴマのおはぎと、きなこのおはぎがあり、ボクはきなこのおはぎが好きだった。

おはぎといえば、母が何度も話してくれた思い出話がある。

それは、母の女学校時代の、戦時中の思い出だ。

母が父親、つまりボクの祖父と、兵隊に出ていた母のお兄さんに会いに、水戸の偕楽園に行ったというだけの、たあいのない話だ。

でも、人に聞いた食べ物の話では、この話がボクは一番好きだ。

当時、兄さんは中学五年だから、十八かな。

志願して予科練に行っててね。甲種予科練習生。その四年生だったと思う。

予科練生は、女学生に憧れられたわよ。

金の七つボタンの紺の制服を、ピシッと着て、列車になんか乗ってると。

私もちょっと誇らしい気持ちだった。兄さんのこと。

女学校の一年だから、まだ十五、六だったからね、私も。

戦争の終わる二年ぐらい前だったかな。兄さんは、もう冬もの制服を着ていたから、十月ぐらいだったかしら。

水戸の偕楽園に、私のお父さんと、だから死んだおじいちゃんね、ふたりで兄さんに会いに行ったことがあるの。

予科練に行ってる間は、もちろんウチには帰ってこれないし、ウチによこす手紙だって、みんな中身を見られちゃうの。

だから、今度いついつ偕楽園でお昼食べるので、そのとき会えるから来てください、なんて便箋に書いて出せるわけないのよ。そんなこと書いて見つかったら、それこそ大変だから。

だけど、どうしたのか、どうやったのか、手紙をよこしたのよ。

ただ、お父さんお母さん、お元気ですか、なんていうそれこそ短い文章よ。そこに、水戸のどこだかのお寺に、予科練の人たちが集まって、お参りしますって書いてあって、最後に「すぐそばの偕楽園でお昼を食べます」って書き添えてあったの。

どうやってそんな手紙を出したのか、どこで出したものか、内緒でしたことには間違いないからね。

たぶん、予科練の若い人が訓練してる現地で、日曜日になるとお世話になるという民家があったそうだから、そういう人にでも頼んで、投函してもらったんじゃないかと思う。なにしろ当時は、電話もないから。

それで私はお父さんと、手紙に書かれた日に山梨のウチから茨城の水戸へ行くことにしたのよ。

長男だった兄さんは、五人兄弟の中で長女の私を一番かわいがってくれたからね。でも、当時は切符だって、そんなに簡単に買えないから。何日も前に駅に行って並んで、ようやく二枚取れたの。

水戸にお昼に着くように行くわけだから、きっと始発の、朝四時か五時頃の汽車だったと思うよ。駅に着いたとき、まだ真っ暗だったから。もちろん蒸気機関車。

それでも東京方面に行く列車はすごく混んでたわね。座れなくてずーっと立ちっぱなし。乗り換えても、ずーっと水戸まで。

おばあちゃんが、だから私のお母さんが、行く前の晩にアンコのおはぎを、たくさん作ってね。兄さんのぶんと、兄さんの友達でもいたら食べさせてあげて、って、大きなおはぎを二十ぐらい作ったんじゃないかね。ウチはお店をしてたから、餅米も、小豆もあったの。

お昼前に水戸に着いたらね、もうとにかく、兵隊さんが何百人っているのよ。みんな七つボタンの紺の制服を着て、でも足には白のゲートルを巻いてね。頭には、ほら警察官がかぶるような、なんていうの、上が平らでツバの付いた帽子を目深にかぶって。そういう人が駅に溢れている。

手紙には、どこで何時になんて詳しく書いてないから、こんな中で会えるかしらって、いっぺんに不安になっちゃってねぇ。

そもそも、こっちから今日行きますって、返事の手紙も出せないわけでしょ。だから兄さんだって、私たちが来るのか来ないかわからないだろうし。兄さんも期待していいのかどうなのか落ち着かない気持ちだったんじゃないのかねぇ。

それでとにかく駅を出て、偕楽園の入口の辺りに行って、道路の脇に立っていたの。

でも地元の人もみんな道に出ているでしょ、近くの県からも来ていたんじゃない、私たちみたいな人がそれこそいっぱいで。すごい人なの。

みんなひと目、息子や兄弟に会おうっていうね。そういう人垣の間から、前を兄さんが通らないか、待っていたの。

そしたら駅の兵隊さんたちが、ドーッとやってきてね。何百人って。

わたしとお父さんは、もう本当に目を皿のようにして、探したわよ。

だけどみんな同じ制服だし、ツバのある帽子を深々とかぶって顔があまり見えないし、黙々と足早に歩いているでしょ。わかんないのよ。夢中で探したんだけど。

でも、まぐれというか、偶然というか、その人波の中から兄さんを見つけたのよ。

あっと思った瞬間に、兄さんもパッとこっちを見たの。目と目が合ったの。

あ、いた！　ってお父さんに言ってね。どこだ！　ってお父さんも言って。でももちろん立ち止まることはできないから、どんどん歩いて行っちゃったの。

だけど、もういることはわかったから、その兵隊の集団を追いかけて、私とお父さんも偕楽園に入っていったの。

偕楽園というのが、どういう形なんだったか、どういうふうだったか、もう全然覚えてないんだけれど、やっぱりお互い歩き回って必死に探したんだろうね。予科練生も園の中では自由行動みたいだった。

それでどのくらいかかったか、どっちが見つけたんだったか、どちらともなくのような気がするんだけど、会えたのよ。

なにしろ、兄さんも、いつ特攻隊に取られて、ゼロ戦乗って行かなきゃならなくなるかもしれないわけでしょ。

まだ十八だっていうんだから。今の十八歳の子とは違ってたんだねぇ。違ってて当たり前の情況なんだけれど。でもやっぱり若いし、それなりに淋しかったんじゃないの？

それで、お父さんと兄さんと私とで、公園の隅の方の、草だか低い木だかがぼうぼうと生えてる中に入っていってね。

やっぱり、おおっぴらには会えなかったんだろうね。そういう雰囲気だった。だから、みんな無言で、そんな薮みたいなところの中に、こそこそ座ったんだろうね。口では何も言わなかったけど。

でも気が付くと、周りにもそういう人たちが何組もいたっけ。薮の中でお弁当みたいなもの広げて食べてる親子が。

だけど、私も会いたかった兄さんに会えたところで、話すことがなんにもないのよ。

兄さんが、お父さんに「お母さんは元気ですか」って言って、お父さんが「ああ、元気だぞ、弟も妹も、隣りの誰々も元気だぞ」とか言ってね。

だけど、私は何を話したらいいのか、もう胸がいっぱいで言葉なんか、ひとっつも出てこないのよ。

それで、私、やっとのことで、言ったの「これからどうするの」って。

そしたら兄さん、うつむいて黙っちゃったのよ。言えないでしょ、そんなの絶対に秘密なんだから。

あ、しまった、と思ってももう遅くて。それは気まずくてね。

そしたらお父さんが「ほれ、おはぎ、作ってきたぞ、食え」って。

新聞紙の包みからおはぎを出してね。

兄さん、うん、ってうなずいておはぎを食べ始めた。

おいしいなぁ、って。

お父さんも、そうか、って食べてね。わたしも食べた。お母さんが作った、大きなおはぎ。覚えてる？　おばあちゃんのおはぎ、大きかったでしょう。あれよ。

何も話すことがなくて、三人でおはぎを食べたの。藪の中に座って。だけど私はもう全然、喉なんか通りゃしないのよ。口に少し入れて噛んでるだけで。

そのうち涙が出てきて、止まらなくなってね。

上向いたら、空が青くてね。

兄さんたら、食べる食べる。八つも九つも食べるのよ。

お父さんが「そんなに食べたら、腹ぁ壊してまた怒られるぞ」って笑うんだけど、兄さん、ただ黙々とおはぎを食べるのよ。何話すでもなくね。

そのうち突然、警報みたいなサイレンが鳴った。さぁ、もう行かなきゃならない。会ってたのは、そうねぇ、小一時間ぐらいだったか。

それで兄さんはお父さんに、同じ町内のナントカ君やナントカ君も元気だから家族によく伝えてください、って言って。お父さんは、そうか、わかった。じゃあ、その友達にあげてくれ、って残りのおはぎを渡してね。

それでその草ぼうぼうの藪を出たところで、お別れよ。

でも兄さん、歩き出してもまだおはぎを食べてるの。

食べながら歩いていって、こっちを振り返って、じゃあ、って小さくお辞儀をして、歩いていきながら、後ろ姿でまだおはぎを食べてるのよ。

私は兄さんが小さくなっていくのを見たらもうただ涙が出てどうにもならなくて。泣いちゃいけないんだけど。だから声は出せないんだけど。涙が止まらないのよ。十も十二も食べたんじゃないかしらね。今考えたらおかしいわよね、よくそんなに食べられたもんだなあって。

おはぎは、くっ付かないように、ひとつひとつの下に薄紙を付けてたんだけど、その小さい紙が兄さんの手から、風でひらひら飛んでってね。その紙がひらひら舞っていく様子が、なんていうんだか、切ないっていうのか、なんだろうね。今でも忘れられない。兄さん、どんな気持ちで食べてたんだろうねぇ。

兄さんの友達っていうのも、みんなゼロ戦に乗っていって、死んじゃった。生きて帰ってきたのは、兄さんのほかにふたりぐらいしかいなかった。

見たでしょ？　当時のオジサンの写真。

ゼロ戦に乗るときの戦闘服姿。真っ白いスカーフを首に巻いて。

当時でも凛々しく見えた。兄さんが本当に誇らしかった。

それが今じゃすっかり老いさらばえて、半分アルコール中毒みたいになって、朝から酒を飲んでるんだから。

戦後、五十年かそこらで、今のような世の中になるなんて、あの当時、誰が想像できただろうって、いつも思うよ。

オジサンは、物静かな人で、家族もいるし、アル中だなんてとても思えなかった。戦争の話を絶対しないそうだ。人がするのも嫌がるという。でも陰気な人ではなく、がっしりしていて、二重の眼がいつも微笑んでいる印象がある。昔、たった一度、なぜかボクの実家の応接間で、真っ昼間にテレビもつけずウィスキーを飲んでいたことがある。母が夕飯の買い物に行き、若いボクだけが家に残った。

「ひとりで飲んで、さびしくないですか」と、話題がなくて、つい言ったら、

「なぁにがよぉ。いつもひとりさぁ」

と笑った。つられて笑ったが、なぜか底冷えのするような孤独感が響き、いたたまれなくなって、ボクは二階に逃げた。

おはぎの薄紙は、母の話を思い出すたび、ボクの胸にひらひらと舞う。そして、

その向こうに、若い兵隊の後ろ姿が小さくなっていくのが見えるのだ。

金米糖

團伊玖磨

だん・いくま
1924年東京生まれ。作曲家、エッセイスト。交響曲、歌劇、歌曲から映画音楽や童謡まで手がける日本を代表する音楽家。人気エッセイ「パイプのけむり」は37年もの長期連載を果たした。2001年没。

書き物をしている時に無くてはならぬ物は、金米糖《こんぺいとう》と氷砂糖と煙草とお茶である。何でこういう習慣が出来上がったのかは僕にも良くは判らないが、兎《と》も角《かく》、二十何年か続けている机の上で物を書く生活がこんな習慣を作り上げてしまった訳で、この中のどれか一つが無くても、僕の音符と、文字を書く作業は支障を受けるのである。

この中で、煙草は一寸《ちよつと》問題が別である。何故なら、煙草は物を書く時以外にも無くてはならない物であって、要するにこちらはニコティン中毒に罹《かか》っているのだから、これは物を書く時だけ欲しいのでは無く、四六時中欲しいのである。お茶もまずまずそれに近い。ところが、金米糖と氷砂糖は少々意味合いが異って、書き物をする時にだけ欲しく、書き物をしない時には別に欲しく無い。欲しく無いと言うよりも、寧《むし》ろ関心が無いとでも言おうか、あんな物を舐《な》めようとか食べようとか思う事は有り得ないのである。

それなのに、一度《ひとたび》ペンを握ると、欲しい物は金米糖と氷砂糖で、あの妙に甘いだけの旧式な菓子を口に抛《ほう》り込まねば気が済まぬ。妙な習慣であると思う。

僕の書き物机の上には、丼のような鉢が三つ置いてあって、その一つ一つに、色の付いた金米糖、氷砂糖、そして、煙草の〝朝日〟数袋分を袋から出したものが盛ってあって、物を書きながら、五線紙や原稿紙から目を離さずに左手を伸ばせば、自然にこれらの物を取れる場所に並べてある。その手前には急須《きゆうす》と湯呑《ゆの》みが並び、その又手前には、何処《どこ》かの会社から御中元に貰《もら》った卓上ライターが置いてあって、ペンを握って書き物をしている忙がしい右手に較べて暇な左手は、右手に対して申し訳無く思うのであろう、その三つの鉢と湯呑み道具と卓上ライターの間を、さも忙がしげに往《い》ったり来たりして、右手に対して申し訳を立てているのである。

金米糖には芯《しん》がある。芯の無いのは贋物《にせもの》であるから買っては不可無《いけな》い。買っても構わないが、要するに美味く無いから、買わぬ方が良い訳で、芯は芥子《けし》の種子でなければならない。あれは型に入れて作るものでは無く、芥子の種子を芯にして、その芯を中心として出来上がった結晶体なのであって、金米糖独特の疣《いぼ》は、結晶体であるところから出来上がる自然現象の結果なのではないかと思う。

疣の数が幾つあるかを徒然《つれづれ》なるまゝに調べてみた事があるが、大体二十数個が普通のようである。今、鉢の中から幾個かを取り出して眺めてみても、矢張り突起は二十四、五個ある。何故疣の数が似たりよったりなのかは、深遠な物理学上の理由があるのだろうと思われるのだが、その理由を考えているうちに、歯の方は勝手にこの灼《あらたか》な結晶体を噛《か》み砕き、食道に送り込んでしまうので、未だにその深遠な理由が僕には呑み込めていない。金米糖は呑み込めても、金米糖の製造理論は呑み込めておらず、然《しか》し、理論は呑み込めておらずとも、製品は呑み込めるところ、畢竟《ひつきよう》、金米糖は寛大なる精神を宿すが如《ごと》し。本当のところは、こちらが不勉強なのであって、氷砂糖も結晶では無いかと思うのだが、これも氷砂糖の製造工程を見学した事が未だ無いために、何うしてあゝいう美味な物体が出来上がるのかがよく呑み込めない。然し、この方も、製造理論が呑み込めておらずとも、氷砂糖を呑み込む事には支障を来たさぬから、こちらは一向に困らない。その困らない点が困るので、困らないから、何時迄《いつまで》も、金米糖と氷砂糖の製造工程の方は知らずに抛《ほう》り出された儘《まま》になってしまう。申し訳に辞書を繰ってみると、氷砂糖の方は、矢張り思った通りに結晶体であって、精製した糖液を適度に蒸発させて、結晶器という物に入れて温室の中に置き、放置すると出来上がるのだそうである。金米糖の方は何うかと言うと、甘露蜜に饂飩粉《うどんこ》を加えて、炒った芥子の種子を入れ、攪拌《かくはん》して作る、と書いてある。仲々大変である。金米糖の味には、だから、芥子の種子の風味も加わっていて、あの、甘過ぎず、独特な悲しい仄甘《ほのあま》さは、饂飩粉の然《しか》らしむる処《ところ》なのであろう。金米糖や氷砂糖の奥床しい甘さに較べると、チョコレートやキャンデーの甘さには奥床しさが無く、しつこくて、あんな物を食べる人の気が知れない。

金米糖という語がポルトガル語だと知った時には驚いた。糖という字が上手に宛《あ》ててあるので、僕は金米糖という語は中国語か日本語だと思っていたのである。ところが、金米糖はポルトガル語のConfeitoの宛て字に過ぎないのだと知った時には、全く上手く糖という字を宛てたものだと感心して、大いに驚いた。きっと金米糖とその製法は、紅毛碧眼《こうもうへきがん》の南蛮人によって、長崎あたりに伝えられたものなのだろう。可愛い結晶体にも、それなりの歴史があるものなのだなあ、と思う。

僕が金米糖を舐め舐め書き物をしている窓の下で、うちの子供と友達が二、三人で何か話しながら遊んでいたと思ったら、全く偶然に変な尻取《しりと》りの歌を歌い出した。

こんぺいとはあまい、あまいはさとう、さとうはしろい、しろいはうさぎ、うさぎははねる、はねるはのーみ、のーみはあかい、あかいはほおずき、ほおずきはなーる、なーるはらっぱ、らっぱはきんいろ、きんいろはばなな、ばななはたかい、たかいはにかい、にかいはこわい、こわいはおばけ、おばけはきえる、きえるはでーんき、でんーきはひかる、ひかるはおやじのはげあーたま、ぽいぽい。

「こら」と言って窓をがらりと開けたら、子供達は吃驚《びっくり》して逃げようとしたので、「僕は禿《は》げちゃいないぞ」と言ったら、子供達は、

「パパちゃんのことじゃないんだよ、こういう歌なんだからこういう歌なんだよ」

「おじさんのことじゃないよ。大丈夫だよ。気をまわさないでも良いんだよ、ねえ」

などと真面目《まじめ》な顔をして言い合っている。そこで、一人一人に金米糖と氷砂糖を窓の中から渡した。子供達は、その尻取り文句を教えて呉《く》れて、何処かに遊びに行ってしまった。窓の外は又静かになった。

キャラメル

武田百合子

たけだ・ゆりこ　1925年神奈川生まれ。随筆家。作家・武田泰淳の妻。泰淳没後、富士山荘で過ごした日々を綴った『富士日記』でデビュー。おもな著作に『犬が星見た―ロシア旅行』『日日雑記』など。1993年没。

母親がいない、あまり丈夫でない子供たちのために、夏がくると父は毎年湘南海岸に家を借りた。昭和十年前後、私が小学生、弟も小学生。その頃、もっとも怖い病気は肺病で、もっともなりそうなのも肺病だった。

七月二十四日が一学期の終業式。次の次の日ぐらいに、おばあさんから虫下しを嚥《の》まされて、二、三日は庭の景色が白ばしこく見える。三十一日になるのがもどかしい。三十一日、私（と二人の弟）は、おばあさんに連れられて汽車に乗る。

　海岸の家は松林の中にあった。砂丘を一つ越すと、長い渚の海と、たっぷりした砂浜がひろがっていた。

　十畳間が二つ、四畳半の小部屋が三つ、四角くまとまった簡単な家は、縁側や柱や羽目板が潮風で瘦せて、木目だけ浮き出ていて、そのへんを触ると、でこぼこしていたような気がする。昼でも夜でも開け放しであったような気がする。雨が降ると、どの部屋にいても、びっくりするほど大きな音がした。

　茶だんすと瀬戸の大きな丸火鉢と卓袱台《ちやぶだい》が二つ、柱に振り子時計が掛けてあった。これらは家主さんのものだったらしい。

　柱時計はよく止った。すると隣りへ時間を聞きに走って行く。隣りも、同じ松林の続きに建つ夏用の貸家である。似た間取りの縁側で、子供が勉強している。去年、ここにいた子の顔でないな、と思う。夏季学習帳の表紙に「あさのま」と書いてある。見たこともない題の学習帳だ。

　朝御飯が終ると卓袱台に学習帳をひろげる。一刻も早く浜へ行きたい。昨日より波が穏やかだろうか。一日一頁。すぐ出来てしまう。「家の手伝」の欄にマル。昨日は御飯を炊く松ぼっくりを拾いに行った。今日もこれから拾うから、続けてマル。明日も明後日も拾うつもりだから、先にマル。砂地の狭い庭は、勉強していても見渡せる。必ず何処かしらに蟹が爪先立って歩いている。

今年は「キャラメル芸術」に、どんなものをこしらえて出そう。——キャラメルの空函やチョコレートの包装紙で作った貼り絵や模型などを、二学期のはじまりに学校へ提出すると、展覧会があって、よく出来たものには、御褒美《ごほうび》が出るのである。ただし、一名「森永芸術」ともいって、森永製菓の主催だから、材料は森永のキャラメルやチョコレートのでなくてはいけないのである。

去年、作った景色の模型は、森の中に是非とも人間を混ぜたくて、明治キャラメルの函の坊ちゃんと嬢ちゃんを切り抜いていれたため、先生からボツといわれた。今年は夏休みになってからは、グリコや新高《にいたか》ドロップなどよして、森永だけ買っているけれど、空函はまだそれほど溜っていない。そのことも心配である。

勉強が終ると海水着を着る。昨日の夕方、浜から帰ってきて、すぐ干して貰ったのに湿っていて、ことに股の間が気持わるい。着る前に行ったのに、また便所へ行きたくなる。

便所へ丸裸で入ると、何だか頼りなくて、するりと便壺へ吸い込まれてしまいそうである。

太陽が真上にかかった時刻、黒い蝙蝠傘《こうもりがさ》をさし、浴衣の裾をからげ、麦茶を入れた大やかんとお弁当を一緒にくるんだ変な形の風呂敷包を提げたおばあさんが、浜へやってくる。ビーチパラソルと寝そべっている裸の間を、海水浴なんぞ何がオモシロイ、といった風に、顔を真直ぐに据え、背筋をのばして歩いてくる。海へ浸っていても、遠くからでも、すぐ判る。

紫色の唇をわなわなさせながら、お握りを食べ終った私たちを熱い砂に腹這わせ、背中にも熱い砂をかけてくれる。経木の帽子の中に一函ずつ森永キャラメルを置いて、おばあさんは黒い蝙蝠傘をひらくと、砂を蹴るように帰って行く。

キャラメルの中函に刷り込んであるあてものの絵（天使マークを十文字割りにした四分の一ずつの絵で、四図合わせて天使マークが出来上ると、キャラメルが一函貰える）は、今日も昨日と同じ絵が出る。こんなに毎日森永キャラメルを食べても、一向に天使マークは出来上らない。四図のうち一図（たしか、十文字割りした右下の図、天使の左半分の顔と左手と左羽根のつけ根の部分）が、どうしても出てこない。

「今日、誰かが、いつのまにやら来て、いつのまにやら帰ったらしい。床の間のまん中に西瓜が置いてあった」晩御飯のとき、おばあさんが、そんなことを言う。町の家に父と犬がいたことを私は忘れていた。犬がどんなにしているかは想像出来るが、父の方はうまく想像出来ない。「……そうだ。××の××さんだ、きっと。いつ満州に行くのかねえ」おばあさんは独りで決めて言っている。

夕凪のあと、いつまでも蒸し暑いから、家の前の道へ出ていると、黒い影絵のようになった両側の松林に嬌声を響かせて、派手な海水着やタオルケープの女の人たちが浜から戻ってくる。毎日、陽が沈みかける時分、浜に現われて、油を流したようにギラギラした人気のない海で、暗くなるまで泳いでいる、この女の人たちは、この先の漁師の離れに保養にきている、東京のフロリダというダンスホールのダンサーなのだという。大学生風の若い男たちに囲まれて、男たちをからかいながら歩いてくる。砂まぶれのままの白々とした長い太腿をつき出して、下半身をよじるようにして通り過ぎるのを息をつめて見ている。いつまでもいつまでも蒸し暑くて、方々の家の中からも二人三人と出てきて、あちこちに影のように佇《た》ったり腰かけたりしている。「お江戸日本橋、今年も暮れる」という流行歌を、向うの人が歌っている。その歌は二番が／お江戸日本橋、サイフが空《から》で……／という文句で、その人は二番も歌い続けた。

あの日、お天気がよいのに私が家にいたのは、夏風邪でもひいていたのかもしれない。表の方で怒ったような号令の声がして、靴音がばらばらすると、背嚢《はいのう》の下から汗が黒く滲み出ているカーキ色の服の兵隊さんが五、六人入ってきた。隣りの家には別の兵隊さんたちが入って行った。砂丘の蔭で野営するため、井戸を使わせて貰いたい、と挨拶にきたのだった。女中のAちゃんは、石鹸とへちまを井戸端へ置くと、台所に駈け込んで赤い真面目な顔をした。

爆弾三勇士が菊人形や歌になり、歌がレコードになって、そのレコードはうちにもあった。満州や支那（当時はそう呼んでいた）での日本軍の戦いぶりは、始終、新聞に写真入りで出ていたけれど、本物をすぐそばで見るのは、はじめてだった。催し事のさいに魚屋や鳶《とび》の頭《かしら》がときどきなる、メタルや勲章をつけた在郷軍人とはちがう、まるで戦争の途中で立ち寄ったような本物。

Aちゃんは井戸水だけでは不満の様子で、Oさんのお宅では将校さんを招んで今晩御馳走するそうです、お隣りは兵隊さんに西瓜を持って行くそうです、と確かめてきたところを報告した。

夕方、北向きの薄暗い小部屋で、キャラメルやチョコレートの函を散らばして坐っていると、さっきの兵隊さんたちがやってきて、井戸を使って帰って行った。一番あとから帰って行く兵隊さんが、通り過ぎてから又戻ってきて「何してるの」と言った。どきどきした。兵隊さんは窓に凭《もた》れかかり、カーキ色の服の片方の腕を、窓の中へ全部入れて、私が作りかけているロボットを、触った。革と汗の匂いがした。薄荷《ハッカ》みたいな匂いも少しした。きれいな顔のように思った。

何か話さなくちゃ……やっと私の声が出かかりそうになったとき、台所の方で、Aちゃんの小さな声と、おばあさんの大きな声がした。

「そんなに何か持って行きたきゃ、きゅうりもみでも作ってお行きな。あれらにゃる西瓜なんぞ、うちにゃないんだから。あたしゃね、軍隊ってものがキライ。ええ。将校だろうが兵隊だろうが一切キライなんだから」

いいましている声、この人にも聞えてるだろうな。聞えてるにきまってるな。大きな声だもの。——兵隊さんは、何だか、とてもゆっくりロボットを畳に置いて、カーキ色の服の腕をそろそろと窓からひっこめた。茫然と見つめている私に、「これ、手足動いたらもっといいね。糸使うと出来るよ」と言い、気まわるそうな泣きそうな顔で一寸《ちよつと》笑って見せると、台所の前を避けて、急いでいなくなった。

九月一日、ロボットを風呂敷に包んで抱えて登校。主にコーヒーキャラメルとチョコレートの銀紙で作った。木綿糸を使って手や足が動く仕掛にしたのだ。糸が森永のものでないところだけ心配である。夏のことなど忘れかけた頃、先生によばれて桐の小箱を貰った。薄紙《うすがみ》にくるまった、バラの花籠の形の銅製メタルが入っていた。一等賞ではなく、佳作ぐらいだったと思う。

小さな味

阿川佐和子

あがわ・さわこ
1953年東京生まれ。作家、エッセイスト。TBS「情報デスクToday」「筑紫哲也NEWS23」「報道特集」でキャスターを務める。以後、執筆を中心に幅広く活動。おもな著作に『ウメ子』『ブータン、世界でいちばん幸せな女の子』『聞く力』など。

ミニどら焼きを人からいただいた。へえ、可愛い。こんな小さなどら焼きがあるんだ。箱のなかに鎮座ましますは、直径五センチほどのどら焼きミニチュア版が三つ。まるでどら焼きの赤ちゃんだ。

昔ながらのどら焼きが、ドラえもんの影響か、若者の間で新たな人気を呼んでいるのは知っていた。中味は小豆餡のみならず、栗入り、餅入り、クリーム入りなど、さまざまなニュー・バージョンが出回っているという。が、こんなに小さなどら焼きまで売られているとは驚いた。

　そもそも小さなものに惹かれる傾向がある。自分の背丈が小さいせいか、チマチマコマゴマしたものに親近感がわく。お前も小さいのに頑張っているんだね、おー、よちよち。つい声をかけて応援したくなる。まして、元来の見慣れた大きさのものが存在し、それがそのままミニチュアになっていたりすると、たまらない。いとおしさはさらに増す。おままごとをしているような心境だ。

　ミジンコに愛着を覚えるのも同じ理屈だろうか。しばらく飼っていたことがある。母親ミジンコが卵を宿し、その卵が次第に母体のなかで成長する。そして母の身体から半ば自力で飛び出すときには、小さいながら、まったくもって母親と同じ形状をしているのである。口も目も触角も、スケルトンになっている内臓のつくりも完璧に親と同じ。違うのは、小さいところだけ。なんと健気な姿であることか。神様は、こんな微小のプランクトンにまで、よくぞこれほど精巧で高度な生産能力を与えたもうたものだと感動する。

　話がそれました。どら焼きに戻します。

ミニどら焼きに喜んだ理由は、可愛らしいこともさることながら、食べやすいからである。つねづね、どら焼きはおいしいけれど大きすぎると思っていた。手に持った大判どら焼きをしばし見つめ、おもむろにまわりを見渡し、目の合った手頃なカモをつかまえて、お尋ねする。

「半分こ、しない？」

そのとき、

「私、今、いらない」

あっさりと、そう返答されるときの寂しいこと。では食べるのをやめようか。しかし一口ぐらいは食べてみたい。きっと全部は食べきれないだろう。かじった残りは家に持ち帰るか。それもなんだか行儀の悪い気がする。さあ、どうする。どうする、どうする。こうしてたいていの場合、半分ぐらいを残してビニール袋に詰め直し、こっそり鞄《かばん》にしまうのが常である。

その点、このミニどら焼きは一口、二口で食べられる。

「うーん、このくらいがちょうどいいね」

お菓子業界もいろいろ考えてくれるものだと感謝する。

かつて青山のドンクに洋菓子のミニチュア版が売られていた時代がある。通常の大きさの五分の一ほどのシュークリームやエクレアやタルトなど、当時、他では見たことのないようなちっこいお菓子がショーウインドーに行儀良く並んでいた。その光景を初めて見た日の衝撃は忘れられない。

中学二年生だった。授業中に友だちから手書きのメモが回ってきた。

「学校の帰りにDONQに行かない？」

ドンキュウ？　なんだそれ？　青山に新しくできたフランスパンとお菓子のお店を、その時点で私はまだ知らなかったのだ。

「へえ、そんな店ができたの？」

友だちと、いつもと違う都電に乗って表参道で降り、少し歩いて「ここよ」と示された青山通り沿いの小さな店に一歩足を踏み入れ、まず目に入ったのが、ガラスケースに並ぶ小さなお菓子のパレードだった。何か買いたい。どれにしよう。セーラー服姿で鞄を床に置き、ウインドーの前にかがんでお菓子を凝視する。スワンのかたちをしたシュークリームがなんといっても可愛い。チョコレートエクレアとモカエクレアもいいな。あんな細くて小さい生地を、お菓子職人さん、作るの大変だろうなあ。

「ご注文は？」

ショーケース越しに、トリコロールを上手にデザインした制服姿のおねえさんが立って待っている。

「えーと、この小さいお菓子の……」

「プティフールですね」

プティフール？　そんな言葉も初耳だった。まるでフランスに来たような洒落た響きだ。定かな記憶はないけれど、そのプティフール、どれもたしか五十円から百円以内だったと思われる。それくらいの値段なら中学生の分際でもいくつか買える、とうれしかったのを覚えている。

「お待たせいたしました」

トリコロールのおねえさんから小さな菓子箱を手渡され、払う代金はほんの数百円。こんな安い買い物をする子ども相手にも丁寧に応じてくれた。そして家に持ち帰り、食べてみれば、小さいくせにしっかりと一人前に大人の味がする。お酒の香りもする本格フランス菓子とはこういうものかと子ども心に感心したものだ。

ドンクのプティフールとの出会い以来、小さいお菓子を見つけると、なぜか興奮する。いつか結婚するときは、プチシューでできたウエディングケーキでケーキカットをするぞ。そういえば、そんな夢を抱いた頃もあったっけ。

メロン・パン筆福事件

五木寛之

いつき・ひろゆき
1932年福岡生まれ。小説家、随筆家。おもな著作に『蒼ざめた馬を見よ』『青春の門』『大河の一滴』『親鸞』など。初エッセイの『風に吹かれて』は、460万部のロングセラー。

食べものについて少し書きたい。

毎日新聞は大新聞であると以前から知ってはいたが、これほどとは思わなかった。お世辞を言う訳ではないが、その影響力たるや偉大なものである。本紙に文章を書く私は、その一言一句がどれほどの人に読まれているかを、常に深く心に刻《きざ》んでペンをとらねばなるまい。

などと、大げさな前説を振ったのは、先日から私の上に起こった筆禍事件のせいだ。いや、筆禍ではなく、正しくは筆福と言うべきであろう。

数週前のこの欄で、私がメロン・パンについてちょっと書いたことがそもそもの発端である。その最初の反応は、数十通の読者からの反論、ないしは共鳴の手紙としてまず現われた。失礼な言いぐさだが、世の中にはひまな人もいるもので、メロン・パンの表面の黄色い皮の製法や、いつからわが国においてその種の菓子パンが製造販売されるようになったかという解説、またメロン・パンの名称の由来などを、こまごまとご教示くださったお便りもあった。その結果、私は少なくともメロン・パンに関しては、かなりの知識を身につけることとなった。最近は皇室評論家とか、キス評論家だとかいった新種の評論家先生が活躍する時代だから、そのうち私も面白い小説が書けなくなったら、いっそのことメロン・パン評論家として再スタートすべきかもしれない。

その次の反響は、きわめて個人的なものであった。私のメロン・パンの文章が新聞にのって間もなく、谷崎潤一郎賞の授賞式が帝国ホテルで行なわれた。私は文学賞の会合には余り出たことがなく、谷崎賞もたぶん文豪ゆかりの偉い先生が沢山見えるのだろうと、これまでこわがって寄りつかなかったのだが、今回は埴谷雄高氏と吉行淳之介氏という私の大好きな作家おふたりがそろって受賞されることとなったので、思いきって出かけてみたのである。

谷崎賞の会は、やはり新人賞のパーティーとは異なって、堂々たる顔つきの年配の方が多かった。どうも勝手がちがって落着かない気分でいると、ふと吉行淳之介氏の顔が見えたので、そばへ行って、どうも、と頭をさげた。しまった、こういう時はおめでとうございますと言わなきゃいけないんだ、と気がついたが、あとの祭りである。すると吉行さんは左手を額にあて、右手を私のほうへつき出すと、こう言われた。

「うーん、きみのあれ、読んだよ。なかなか面白かったぞ。最近のものの中じゃいちばん面白かった」

私はびっくりして、吉行さんは一体なにを読んでくれたのだろう、あの小説かな、それともあの本のことだろうか、とドキドキしながら頭の中で最近の仕事をふり返ってみた。何しろ谷崎文学賞受賞作家、それも受賞したての文学者にほめられたのだから、喜ばないわけにはいかない。私はつとめて平静をよそおったおももちで、氏に多大の感銘をあたえ、その批評精神を震駭《しんがい》せしめた私の作品は何でしょうか、と謙虚な態度でうかがったのである。

すると氏はしばらくその白皙《はくせき》の額に片手を当てたまま、うーん、と考え込み、やがてその記憶が忘却の深き淵よりよみがえるのを待って、大きくうなずくとこう言われた。

「あれだよ、あれ。ほら新聞の日曜版に書いてただろう。メロン・パンの話。あのザラメのついた黄色い皮の部分が好きだというくだりなど、実に面白かった」

どうも、と、私は小声でつぶやき、そうだ、やはりおれは将来メロン・パン評論家としてその研究に生涯を捧げるべく運命づけられているのだ、と心の中で考えた。こういう時には、私はなぜか啄木の歌を思い起こすのである。つまり花を買って帰るあの歌だ。

しばらくして、私がその精神的ショックから立ち直ったころ（私はしごく簡単に立ち直る人間なので、ものの五分もたてばいつもすぐニコニコしてるのである）高橋睦郎《たかはしむつお》さんと金子國義さんの二人が、ピーターパンみたいなすてきな服を着て現われた。私は高橋さんに先日もらった本のお礼を言ったり、金子さんに予約金を払い込んであるがまだもらっていない絵を催促したりして、少しおしゃべりをした。すると、そこへ三島由紀夫氏が現われ、私ははじめてこの高名な文学者に紹介された。その時どんな話をしたか、ほとんど憶えていない。たぶん私はすっかりあがっていたのだろうと思う。

さて、その日帰ってくると、配偶者がごろりとストーブの前に転がって週刊誌など読んでいる。犬も同じかっこうで、これはテレビの山口崇がキャスターをつとめるドキュメント番組を真剣に眺めている。

「なにか食べるものないか」

と、私は例によって言った。

「テーブルの上にあるわよ」

「なんだ、これ」

「ヒヒヒ」

テーブルの上に紙袋があって、五木さんへ、とマジックペンで書いてある。破ってみるとメロン・パンが五個転がりでてきた。

「どうしたんだ一体」

「さっき読者の方がみえて、五木さんに、って」

「くれたのか」

「毎日新聞の日曜版で読みました、って」

「困るなあ」

「悪いから本を一冊さしあげたわ」

「いくらの本だ」

「文春から出たやつ」

「七百五十円だぞ、馬鹿、角川文庫の方をあげればよかったのに」

「ケチねえ、あなたって」

「そうじゃない。おれは小説家だから予見を語るのだ。もしだな、毎日新聞を読んだいろんな人たちがメロン・パンをおれに送ってくれたらどうする？　そのたびに七百五十円の本をお返ししてた日には家の経済は破滅だぞ」

などと、ぶつぶつ言いながらメロン・パンを食べる。

「どう？　おいしい？」

配偶者は明らかに軽い蔑視《べっし》のまなざしで私を見あげ、笑いをこらえたおももちである。

「うまい。死にそうだ」

と、答えたのは嘘であった。まずいのだ。本来、黄色い皮の薬品くさい部分のパサパサした感じが私を魅了するべきなのに、肝心のその部分がねっとりと湿っていて、気持ちが悪いのである。

「これがいかん」

私はその原因を発見して大声で叫んだ。

「どうしたんですか」

「メロン・パンの表面は乾いていなくてはならない」

「犬の鼻は乾いてちゃいけないのよ」

「犬の鼻はメロン・パンとちがう。正統的なメロン・パンの在《あ》るべきすがたは、表面がかさかさして、爪でおこすとポロリとこぼれるようでなくてはならぬ。これは濡れているじゃないか。原因は、このパンを一個ずつ愚劣にも包装してある完全気密のビニール袋にあるのだ」

「そう言えばそうだわ」

「衛生的か耐久的か知らないが、メロン・パンをビニール袋に密閉するのは間違いだ。そもそもこの皮の堅さ、乾き方、エリオットの言うドライ・ハードネスがメロン・パンの生命ではないか。外は堅く、内は柔らかく、つまりハード・ボイルドのココロなのだ。アパテイアの精神、ニル・アドミラリの外貌《がいぼう》を持ったパンこそ、真のメロン・パンでなくてはならぬ。それがビニールに包まれて、このようにふにゃふにゃでは！　わが愛するメロン・パンの美しきおもかげはどこへ行ったか！　メロン・パンのこころ、コラソン・デ・メロン・パンはいずこにありや。そう思わんか、おい」

「冷静に、冷静に。アトラキシンでもあげましょうか」

「メシにする。ヤキソバでもいい」

「谷崎賞のパーティーでちゃんといただいてくればいいのに」

女は常に現実的であり、男がのぼせている時は妙に冷静なものなのだ。

だが、数日後、私は自分の小説家としての予見才能にはなはだしく自信を持つこととなった。驚いたことに公開の席上、つまり講演会だとかサイン会だとか、番組の録音だとかいった場面で、私のところへ次々と紙袋が差入れられる現象が相ついだのである。

その紙袋の中には、決まってメロン・パンがはいっていた。ある会ではなんと、講師としての重々しい紹介をうけ壇上に進み出た私に、突然メロン・パンが客席から飛んできたのである。私の足もとに転がった黄色い丸いものに、一瞬客席は息をのんだが、それがメロン・パンだと判ると、期せずして失笑の声が会場にあふれ、私の深く現代を憂うる演題が、まるでばかばかしく見えてくるのであった。

「またパンです」

と、私にとどけてくれる係の人の苦笑が、いつしか憫笑《びんしょう》に変るころ、私は黄色いパンの包みに囲まれて、このまま死んでしまいたいような心境におちいることとなったのである。

そしてその後も、私の自宅へは郵送でメロン・パンが一日に三個はとどくのである。お礼状は出さない。もしもそんなものを出して、クリスマスにメロン・パンの小包みが殺到してきたらどうなるか。私は神に誓って言うが、メロン・パンも、(も、である)好きなのだ。メロン・パンだけが好きなのではない。

「あなたが悪いのよ。綺麗なお花が好きだって書けばよかったのに。そうすればーー」

配偶者は、本当は私にハンドバッグや香水が好きだと書かせたかったにちがいないのだ。だが世の中はそう甘くはないぞ、無礼もの。

しかし私は、私のところへ飛んでくるメロン・パンが、実はある種の友情の挨拶のような気がして、本当は心の中でとてもうれしく、思っているところなのだ。

甘栗

藤森照信

ふじもり・てるのぶ
1946年長野生まれ。建築史家、建築家。おもな著作に『建築探偵の冒険・東京篇』『家をつくることは快楽である』『タンポポ・ハウスのできるまで』など。赤瀬川原平らの「路上観察学会」メンバーでもある。

隠す必要もないが、大声でいうのはなんとなくはばかられる傾向というか好みというか、どうしてもやらずにはいられないことがある。
西洋館の現地調査などで列車に乗って地方に出かける回数は多いが、その時、駅のホームの売店でつい買ってしまうのが、駅弁でもビールでもなくて、じつに、〝甘栗〟。

他の人と、とりわけ学生なんかと一緒の時は気恥かしいから絶対にしないが、一人もしくは配偶者連れの時は、朝一番であろうが夜ふけの最終列車であろうが、甘栗の小袋とお茶のコンビを携えて乗り込まないと、列車に乗った気がしないのである。

元々は、列車の友として登場してきた甘栗だが、今は、日常のお茶の友に昇格し、一年のうちに消費する量は、日本人平均の何十倍にものぼるだろう。日本甘栗協会に表彰の一つもしてほしい。

これまで見聞きした甘栗がらみの固有名詞をあげるなら、〈天津甘栗〉〈甘栗太郎〉〈林万昌堂《はやしまんしょうどう》〉〈聘珍樓《へいちんろう》〉〈甘栗むいちゃいました〉〈今井総本家〉〈楽天軒〉などなど。

いずれも、商品名か店の名で、なかでも一番有名なのは〈天津甘栗〉だろう。ある時期まで、甘栗といえば天津の二字が付いていた。で、三十数年前、はじめて天津に調査に出かけた時、向うの先生に聞くと、そんな言葉は初耳とのこと。街の中でも甘栗を見ることはなかった。どうも日本の固有語で、戦前、甘栗用の栗が、天津の港から日本に送られた事情によるらしい。

中国各地を歩いているが、見かけたのは武漢の路上と北京くらい。一番大がかりなのは北京の店で、北京の銀座通りとでもいうべき王府井《ワンフーチン》の脇道にちょっと入ったところの食品屋さんで、店頭の釜で煎って売っていた。安かったので三キロまとめて買い、日本に持ち帰ったが、三キロはどうも無謀な量だったらしく、食べ切らないうちにカビが生えてきた。

私がたまたま武漢一ヶ所、北京二ヶ所で味わった中国の甘栗と日本の甘栗を比べると、小さいが甘栗ファンには無視できない差がある。

中国産は栗の果皮の色もツヤも元のクリ色に近いのに、日本産は黒味がかったうえにツルツルピカピカと照っている。中の実もちがって、中国産にくらべ日本産は透明感が強い。マロングラッセのように淡く澄んでいるのである。味もちがって、日本産の方が甘くておいしい。

中国の甘栗について総合的評価をするなら、ふつうの栗と日本の甘栗の中間的存在、といってかまわないだろう。半甘栗とでもいうところか。

理由を、今こう書きながら考えるに、中国産は砂糖の投入量が少ない。だから、すぐカビがくるし、マロングラッセ的透明も乏しい。中華料理の高級店でデザートとして出るお菓子は例外なく砂糖の固りみたいに甘くて閉口するのに、甘栗への砂糖投入が少ないのは、菓子にくらべ甘栗の食品界での地位が低いからだろう。甘味類では最低の地位に甘んじている可能性を残念ながら否定できない。

でも日本はちがう。少なくとも、駅の売店ではちがう。格別低い扱いではない。むしろ、独得の高目の地位を保っているように見受けられる。売店を飾る間食系とツマミ系のほとんどは、ガム、キャラメル、サキイカ、カキノタネなどなど大量生産加工食品ならではの乾いた表情をしているのに、甘栗と冷凍ミカンだけはちがって、どこか生モノっぽい痕跡を残し、そのぶん自然に近いというか、地球にやさしいというか、近代化万能の時代が終った今では格上に映る。甘栗と冷凍ミカンの二つのうち、どっちがより格上かというと、甘栗に決っている。冷凍ミカンなど、由緒来歴もあいまいだし、本物のミカンで十分。甘栗は、生の栗よりずっとおいしい。

駅の売店と甘栗の関係がいつどういう事情でスタートしたか知らないが、そうとう深いと私はにらんでいる。現在、売店に並ぶ品々を眺めると、ガムやイカクンやカキノタネなどなど、戦後生まれ、戦後駅店頭登場がほとんどのなかで、キャラメルと甘栗は由緒来歴の古さを誇り、起源は明治までさかのぼる。

古いだけではない。甘栗と鉄道の縁はよほど深いらしく、キャラメル売りのスタンドなど考えられないが、甘栗専門の駅売りスタンドはいくつも見かける。近年、JR中央線の中野駅で一時駅売りをしていたし、広島駅と岡山駅のプラットホームでは恒常的に甘栗スタンドが出ていて、ガラガラ焼きこそしていないが、温めながら手スコップで袋詰めしてくれる。駅の甘味類のなかでは、格別の扱いをされているのはこれで明らかだろう。静岡駅にも冷凍ミカン専門スタンドはないし、新潟駅にもカキノタネ専門スタンドはない（と思う）。

駅の甘栗に、何年か前、小さな出来事があった。多くの駅から、袋詰め甘栗が消え、代りにパックされたヘンな甘栗が現れた。〈甘栗むいちゃいました〉である。むいちゃいましたって、甘栗はむくのが楽しみだろうに。気をせかせながらむき、その手間と期待感が、味を高めているだろうに、と反発して、列車の友にするのは止めた。一年ほど止めていたが、甘栗党の知人が、けっこういけるし、当りはずれがなくていい、と言うので、試してみると、そのとおりだった。

今は、〈甘栗むいちゃいました〉とウーロン茶が列車の友。

甘栗は列車とは縁が深いが、町とは縁が浅い。お祭りの露店はともかく、東京でも各地でも甘栗専門店を見かけることはきわめて少ない。全国でも十軒に満たないかもしれない。その珍しい一軒を、仙台の定禅寺《じょうぜんじ》通りのせんだいメディアテークの前で見かけた。食べてみると粒の整いも煎り具合も色つやも味も記憶にあるので、聞くとそうだった。修業して独立し、仙台に店を開いたという。修業先は、京都、四条通りの〈林万昌堂〉。

もちろん、ここが一番おいしい。由緒もなかなかのもので、創業は明治七年というから、百三十年の歴史を誇る。北京の王府井の店の来歴は知らないが、数年前訪れたらもうやってなかったから、現存する甘栗屋としては世界最古かもしれない。

林万昌堂の存在を知ってから、お歳暮に万昌堂の甘栗を贈っている。お歳暮の品選びのコツについて、日頃使わ（食べ）ない珍しい品よりは、石鹸や醤油のような日常使いの高級品がよろこばれる、と聞いたことがあり、ソウか甘栗か、と思って贈るようにしている。昔ながらのいかにもの袋に入った甘栗が贈られ、贈る方としては満足なのだが、少し問題があって、それそうとうの金額の袋詰めにするとすると、量が多いのだ。しかし、甘栗を少量贈るのもなんだか淋しいものがあるので、たくさんにすると、食べ切れないおそれがある。

赤瀬川原平さんのところに贈ったら、やはり夫妻二人では食べきれず、残すのもいやなのでマロングラッセに作り替えようとしてみたがうまくいかなかったそうだ。

今年はどうしよう。

おやつに食べるもの ◉ 南伸坊

みなみ・しんぼう
1947年東京生まれ。イラストレーター、装丁家、エッセイスト。赤瀬川原平氏に師事。デザイナーを経て『ガロ』の編集長として一時代を築いた。おもな著作に『笑う写真』『本人の人々』など。

たとえば、友人の藤森照信はコドモのころ、おやつは自分で調達していた。もちろん親から与えられてもいたろうが、当時のコドモにとって、親から与えられるおやつなんて、いつもたいがい不足していたものである。

外に出かければ、柿の木があり、林檎の木がある。アケビやグミや、イチジクやイチゴや、クルミやヤマグリやといった果物や、木の実や、キノコや、虫や、魚やヘビや、と、つまり食べられるものが沢山あった。

だから、そろそろ還暦のオジイさんに近くなったいまでも、その習慣が変わらない。私がこの東大教授と道を歩いていると、ヒトの家の庭になっている夏ミカンだとか、柿だとか、ザクロだとかといったものを見つけた途端、なんのためらいもなくヒョイともぎとってムシャムシャ食べる。

一つだけとるということはないので、余分にとったうちの一つを私に「ホレ」とくれる。気前がいいのだ。

私は大将から下された、果物をじっと見ながら、

「李下に冠を正さず」

というコトバなんかを思い出したりしている。だが、もうこの状態は冠どころか、現物を手にしているのだから、速やかにこれを食べてしまうしかない。

このようにして私は、さまざまな道端にあるものを食べてきた。それは、柿やミカンや、といった素性の知れたものばかりでなく、得体の知れない木の実や、草の茎といったものも含まれる。道端にはさまざまな食べられるものがあるのだった。

教授がほおずきを採集してきた時はオヤ？　と思った。私にとってほおずきは女

のコの遊び道具である。朱い実の中身を注意深く取り去って、なにもそんなものがなくたって、唇から無理に空気を押し出せば出るような音を、ブイブイといわせるだけのものである。

なんだ、妙なものを採ってきたなと思っていると、私に一つをくれながら、いきなり教授はそれを食べてしまった。

「え?! 食べるの? ほおずきを?」

と私がおどろくと、不思議な顔をしている。だってさ、ほおずきってのは、妙な音を出して遊ぶためだけのもんだろ「だいいち」と私はキッパリいった。

「ぜんぜんうまくないじゃん」

「うん、たしかにうまくはない。うまいもんではない。が、食える‼」

私にとっては、なんの興味もわかない下らない遊び道具でしかなかったものが、この人にとっては「食える」ものだったのだ。「そううまいもんではないが食える」というカテゴリーのものだった。

ツマ文子にとっては、サルビアの花は「甘いもん」だったらしい。

「え? 甘いもん?」

と私は聞き返してしまった。私はツマにコドモの頃のことを話して笑われたことがある。

学校から家に帰ってきて、おやつがなにもないと、砂糖壺からコップに砂糖をしゃくって、そこに水を足してかき回した「砂糖水」をこしらえて飲んだものだ、といって笑われたのだ。

ところが、同じ人間が、サルビアの花をつまんでチュッと吸うと甘いので、ちょくちょくチュッとした、というのだ。チュッとした後はそばの草むらとかに素早くポイと捨てた。

これは証拠いんめつをしているので、花をいちどきにたくさん、とってしまうとそれと知れて叱られるから、てきとうに見計らわなければいけないのだ。ということだった。

たしかに、どっちが「豊か」なのか比較すれば、砂糖水をつくるより、サルビアの蜜を吸うほうが、今となってはビンボ臭くないかもしれない。

私のコドモ時代は、藤森教授やツマのような自然環境になかったから、採集は主に屋内でされたのだ。

「なんかないかなぁ」

といって、あらゆる引き出しやカンのフタをあけて調べ、お菓子の類のないことが知れた場合に、最後の手段として砂糖水がつくられたのである。

先日、能登に旅行した折、宿のご主人と親しくなって、ご主人が山へ花採りに行くのに同道させてもらった。ご主人は、偶然私と同じ「しんちゃん」というので、しんちゃんは、山の植物にとてもくわしい。

くろもじの木は、爪楊枝の材料になる木だが、この枝を折って葉をくしゃくしゃっとすると、揮発性の芳香がする。柑橘系のヘアトニックみたいな、さわやかな香りだ。

主な目的は、宿の玄関に飾るササユリを探すことだったのだが、キノコをみつけたり、山菜の育ってしまったのだの、アレコレの名前など教えてもらううち、オレンジ色の小ぶりな花をつけた、山ツツジを見つけて、私が、

「これは……」

と漫然と質問したのに対して、しんちゃんが、間髪を入れずにこう答えた。

「うまいですよ、食べたらいい」

「え?!」

「その花、食べられるんですよ、うん、全部パクッと」

というから、パクッと食べてみた。ツツジの花、一輪をパクッとだ。

「そう、うまいでしょ?」

といわれても、花をこんなふうにパクッと食べるのは初めてだ。よくわからなかったので、また一つ摘んで、パクッと食べてみた。

フルーツみたいな、軽くてさわやかな味がする。なにより花を丸ごとパクリと食べてる気分がおかしい。これは不思議な体験である。自分が気のふれた仙人になったような気分がする。

砂糖と塩

柴崎友香

しばさき・ともか
1973年大阪生まれ。小説家。初の単行本『きょうのできごと』が2004年に映画化される。『春の庭』で芥川賞受賞。おもな著作に『寝ても覚めても』『百年と一日』エッセイ集『よう知らんけど日記』など。

大阪にいるときは、「たこ焼き」や「お好み焼き」について、大好物とか食べなければ落ち着かないとか、もしくは焼き方や食べ方にこだわりがあるとか、特になかった。だけど、東京に住み始めて二年半。やっぱり「たこ焼き」と「お好み焼き」が食べられないことは、困る。

たこ焼き屋もお好み焼き屋も、東京にないことはない。今、わたしの住んでいる駅の前にもお好み焼き屋が一軒あるし、たこ焼き屋も最近できた。でも、お好み焼き屋は「外食」として食べに行くお店で夜しか開いていないし、たこ焼き屋もトッピングに凝って五百円もしたりする。

生まれ育った大阪の地元の商店街には、それこそ五十メートルに一軒はたこ焼き屋とお好み焼き屋がある。別々のお店ではなくて、たこ焼きと二百五十円か三百円ぐらいのお好み焼きと、ときどきは百円の「洋食焼き」という薄い生地にキャベツが載ったものが、いっしょに売られている。土曜日のお昼や夕方に小腹が空いたときは、こういうのを買いに行く。お店もあらたまった店構えではなくて、家の一階のガレージを改装したようなところも多い。小中学校のとき、遊んでいてお腹が空くと当時は七個百円が相場だったたこ焼きか洋食焼きを買いに行った。

気軽な値段で買い食いできる「たこ焼き」と「お好み焼き」がないので、小腹が空いたときや土曜日のお昼的な時間に、なにを食べたらいいのかわからない。大阪以外の人はそういうときいったいなにを食べているんだろう、と疑問だ。「もんじゃ焼き」はもともと駄菓子屋の片隅で子どもが食べるものらしいから、きっと大阪の「たこ焼き」と似たような役割なんだと思うけれど、昔ながらの下町にしかそういうお店はないみたいだ。

かわりに東京でよく見かけるのが「鯛焼き屋」。商店街で人が並んでるなーと思うと、鯛焼きが焼けるのを老若男女が待っている。「鯛焼き」自体は大阪にもあるけれど、「鯛焼き屋」というものは、自分の知る限りではなかった。それこそ「たこ焼き屋」でたまに売っているところがあるか、屋台ぐらいだった。

東京では鯛焼きはかなり日常に根付いた食べ物のようで、餡もクリームや胡麻などバリエーションが豊富だ。では、小腹が空いたときはこれから鯛焼きを……、というわけには残念ながらいかない。なぜなら、わたしは甘いものがそんなに好きではないからだ。

「そんなに」というのがポイントで、決して嫌いではない。ケーキもチョコレートも和菓子もおいしいし好きなものもいっぱいある。でも、そんなにいらない。一口でいい。ケーキバイキングなんて考えられないし、パフェも全部食べ切ったことがない。だから、小腹が空いたとき、食べたいのはどちらかというと「甘味」よりは「塩味」なのです。

街に出ていて夕方ちょっとお茶したいなーと思うとき、どこのカフェにも出ているのは「ケーキセット」「本日のオススメスイーツ」の看板ばかり。なんか食べたいけど、甘いもんじゃないねんなー、と看板を見過ごしながら結局どこにも入らないことがよくある。そのとき、こういうものがあったらなーと思い浮かべているのは、まあ「たこ焼き」でもいいのだけれど、たとえばオリーブとかアボカドディップとサルサにチップスとかチーズの盛り合わせとか漬物とかししゃもとか……。と、言ったら友だちに「それは酒のつまみやん」と指摘されてしまった。確かにその通り。でも、お酒じゃなくてお茶でいいんです。昼間から酒のつまみでお茶できる店ってないでしょうか。今風に「ピンチョス・カフェ」とかにしたらいいんじゃないかと思う。甘いものが苦手な人って、けっこういると思うのだけど、お茶のときはなにを食べているんだろうか。

一方で、最近、甘いもの好きの男の人って多いんだなあと感じることがよくある。女性は甘いお菓子が好きというのはステレオタイプ的なイメージだと自分自身の好みで実感しているにもかかわらず、仕事で会うずっと年上の男性がわたしなんかは鼻血が出そうなこってり甘いお菓子をそのおいしさを語らいながら味わうのを見ていると、こちらも楽しい気持ちになる。お酒の好きな人は甘いものも好きだという説も聞いた(会社員をしていたころ、ある大酒のみの課長が「わしは日本酒に塩があったらええ」と断言しているのを聞き、ほんものやなと感動したことがありますが)。

甘党の男の人は、わたしとは逆で「今日のオススメスイーツ」の看板を見ても、一人もしくは男同士でかわいらしいカフェには入りにくくて悔しいこともあるのだろうな。「甘味=女子」「酒のつまみ=おじさん」みたいなまだまだある先入観がなくなって、誰でも気軽に好きなものを食べられたら、お店も新たな客層が開拓できるし、すべて丸く収まるような気がするのですが。

どうも年を取るにつれどんどん甘いものが苦手になっていっているようで、たこ焼きもいか焼き(丸焼きではなくて生地にいかが入っているほう)も売っていない街でのわたしのおやつ問題はますます深刻になっている。鯛焼きの褒め言葉で「しっぽまであんこが詰まってる」とよく言うけれど、わたしは皮のほうが好きなので、あんこは「はらわた」程度にしてくれたほうがうれしいです。もしくは、本物の鯛の塩焼きが入っててもいいな。

ベルギーへいったら女よりショコラだ ● 開高健

かいこう・たけし
1930年大阪生まれ。小説家。洋酒会社宣伝部勤務を経て作家活動に。おもな著作に『裸の王様』『輝ける闇』『オーパ!』など。『ベトナム戦記』などノンフィクション作家としての一面も。1989年没。

ベルギーの首都はブリュッセルだが、初冬の朝早くに到着した。市の中心にあるガラスと鋼鉄のホテルに入ったが、顔を洗って歯を磨くと、することがなくなったので、散歩することにした。いきあたりばったりの散歩で、地図もなければガイド・ブックもない。どこかでスナックでも見つかったら牛乳入りコーヒーと三日月パンでもとることにする。暗鬱《あんうつ》な空が屋根までおりてきて、じとじと冷めたい霖雨《ながあめ》が降りはじめる。あちらへぶらぶら歩いていって、ひょいと角を曲り、それをのろのろ歩いていって、何ということもない角をちょっと折れというぐあいに散歩しつつ、すれちがう女の顔をそれとなく一瞥《いちべつ》してみる。空が暗くても低くても、いや、そうであればあるだけ、いい女、美しい女の顔というものは一輪咲きの花のように浮きあがって見えるものである。けれど、どうしたことか、どの顔もこの顔も花ではなかった。歪《ゆが》んでいるか、磨かれていないか、削られていないかである。

ヨーロッパの都で花のような女の顔が眺められるのは朝のこんな時刻ではなく、一日に何度かの潮があって、最初は昼食時、つぎが午後三時か四時のオヤツ、そのつぎが夜の七時か八時の夕食時、最後が深夜というぐあいになっている。小雨のしょぼつく朝早くに咲く花なんて、あるものではない。それはよくわかっているつもりだ。よくわかっているつもりだが、しかし、何となく私のそれまでの諸経験からくるカンで、どうやらこの国ではあまり期待してはいけないらしいぞと、思いはじめる。正午頃に空が晴れて淡い冬陽が射してきたのでもう一度、夕刻にもまた一度と、探索にでかけたが、どの回にも失望を味わい、どうやらカンはあたったらしいと察しがつく。

夜になってから酒をすすりつつ、ここに何年も暮している、どうやら経験と観察の豊富であるらしい日本人紳士にその話を持ちかけてみると、ヨーロッパ三大ブス国とはベルギー、オランダ、スイスです。これは国際的定評でそうなってるんです。遊ぶんならT・E・Eに三時間乗ってパリへいくしかないですという答えであった。しかし、と私が逆問する。そういう女というものはしばしば心優しくて、こまかく気がつき、あたたかでおいしいのではありませんか。紳士はたちまち頭をふり、それは世界共通の補完の原則というもんですが、ここはちがいます。ここは例外なんです。ここでは補完の原則は機能しとらんのです。ここはブスのうえに鈍器なんだな。

「……だから、今夜は色気ぬきで、食い気一本槍でいきましょうや。いまからいいレストランへ御案内します。ここはごぞんじのようにコンゴが、昔、植民地でしたからね。その関係で、今でも、いいコンゴのカカオ・ビーンズが入ってくるんです。だから、ショコラがすばらしいんです。これはぜひ召上って頂きたいですな」

それならと、でかける。

パリにブーローニュの森があるようにブリュッセルのはずれにも、深い、厚い、いい森がある。この森の木は鬱蒼《うつそう》とした老木であるが、幹にずっと緑の苔が生え、淡くて柔らかな、緑の絹のような寄生植物がふさふさと茂って垂れているのである。それはみたところ絹のようでもあり、海藻のようでもある。どの木も、この木もそうなので、何かしら森が温厚な、老いた巨人のように見えてくる。夜になると霧がさまよい歩くので森はいよいよ深く、遠く、厚く感じられるのだが、そこへ自動車でゆっくりと進入していくと、遠くにふいにレストランの赤い灯が、小人の茸《きのこ》の家のように輝やいているのが見える。どこか家のかげの植込みのあたりで赤頭巾をかぶったドングリ眼の老いた小人が何人か集ってひそひそ話にふけっていそうである。

このレストランが『ラ・ロレーヌ』である。いっしょにいった安岡章太郎大兄は羽田をでたときに日航の機内で飲んだプイイ・フュイッセの白が忘れられないものだから、道中ずっと、ぶどう酒のあるところへいったらかならずプイイ、プイイといいつづけたが、ここでもプイイはないか、プイイは、といった。それくらいの名店だからそれくらいの銘酒はもちろん用意してあって、たちまち氷詰めの小バケツに肩までつかって登場した。この清澄で淡麗な白をすすりつつカキのシャンパン蒸煮をやるのはこたえられなかった。フォア・グラにトリュッフの熱くしたのを添えたのがでたが、これはまた潤味、膩味《じみ》、いうことなかった。しかし、さいごにデザートとして、あとでこの店の十八番《おはこ》だと教えられたが、《ダーム・ブランシュ》（白い貴婦人）といってアイスクリームに熱いときたてのチョコレートをかけたのがでた。それをスプーンでなにげなく一口しゃくってみて、ほとんど〝驚愕《きようがく》〟と書きたくなるショックをおぼえた。

思わず

「……？……！」

顔をあげると、大兄も

「……！」

黙って眼を丸くしていた。

諸兄姉よ。

ほんとのチョコレートは子供の菓子ではないんだ。それは成熟した年齢の、厚い胸をした、辛酸をくぐりぬけてきた大の男のためのものなんだ。お菓子というよりは最高の料理の一つなんだ。板チョコだの、インスタント・ココアだの、ウィスキー・ボンボンだの、チョコレート・キャンディーなどと申すものは、どんなに苦心してつくったところで、これにくらべると、美女とその骸骨《がいこつ》ぐらいの相違がある。それはホロにがく、気品が高く、奥深さに底知れないところがある。最高のスープをつくるよりも材料の撰択と手間に注意や精力がそそがれ、その労苦がことごとく香りや味や舌ざわりのそこかしこにあらわれているのだ。さよう。それはプロ中のプロが精魂こめてつくるカカオ豆のスープなのだ。そしてスープほどむつかしい料理はないのである。

この店のショコラを知ってからやっと私はなぜ十九世紀のフランス文学やロシア文学にあのようにしばしばショコラが登場して大事がられているのかということがわかったような気がした。蛮瘋癲《ばんふうてん》のインスタント・ココアを飲んでいたのではとてもわかるもんじゃなかった。板チョコでもウィスキー・ボンボンでもわかるもんじゃなかった。舌から厚い苔が落ちたような気がした。そしてこれは残念なことに名品中の名品がしばしばそうであるようにあの店までわざわざ出向いてその場で食べるよりほかにどうしようもないものである。一度、ぜひ、いって下さい。

今川焼き、鯛焼き

蜂飼耳

はちかい・みみ
1974年神奈川生まれ。詩人、エッセイスト、小説家。詩集に『いまにもうるおっていく陣地』『食うものは食われる夜』、エッセイに『空を引き寄せる石』。絵本原作、絵本翻訳も手がける。

祖母は今川焼きが好きだった。どちらかといえば、私は鯛焼きの方が好きだ。けれど、こんなことは、考えるだけ時間の無駄というものだろう。かたちが、ちがう。ただそれだけのようにも思える。祖母に会いに行くときに、「なにかおやつでも」と希望を訊くと、必ず「今川焼き」という答えが返ってくるのだった。

丸くて平たい、小さなタンバリンのような今川焼きは、デパートで求めても、ケーキの何分の一かの値だ。おいしくて安い。持ち運ぶあいだ、ケーキのように冷たくなくて、じんわりと温かい。電車のなかで、膝の上に載せていれば、丸まる猫のように温かい。

鯛焼きでも似たようなものなのに、どうして今川焼きを偏愛したのだろう。祖母がいなくなってから、ある日、にわかに考えた。あの丸さがよかったのかもしれない、と。どこから食べても同じにちがいないあのかたち。具象的な鯛のすがたは、目の前に置けば、ときにうるさい。頭部から齧《かじ》るのか、それともしっぽから食べるのか、決めさせるつもりはなくても、いつでも決めさせる。

以前、韓国へ行ったとき、鯛焼きの屋台を見かけた。冬枯れの路上、黒い鉄板の上に、それらは、おとなしく並んでいた。日本の鯛焼きよりも少しばかり小型なのが印象的だった。とはいえ、買わなかったし、その後も調べていないので、ほんとうにそうなのか、単に目の錯覚だったのか、真相を知らない。

祖母のもとへ「おみやげに」と運んだときには、箱を開けると、今川焼きの皮は、湯気でしんなりと湿っていた。それをストーブかオーブンでかりっと炙り、ふたりで黙って食べた。ふうふうと吹きながら。「鯛焼きでもいい」といわれたことは、一度もなかった。材料は同じようなものなのに、必ず今川焼きなのだった。祖母がいなくなり、いつのまにか今川焼きからも遠ざかった。

チョコレート ● 内舘牧子

うちだて・まきこ
1948年秋田生まれ。脚本家、小説家。OL生活を経て脚本家デビュー。代表作にNHK連続テレビ小説「ひらり」「私の青空」、大河ドラマ「毛利元就」など。女性としてただ一人横綱審議委員を務めた。おもな著作に『夢を叶える夢を見た』『十二単衣を着た悪魔』など。

二月十四日のバレンタインデーになると、私は必ず誰かにチョコレートを贈る。「誰か」というのは不特定で、多数のこともあれば少数のこともある。別に惚れたの、はれたのという間柄ではなく、たとえば私のドラマのスタッフルームに贈ったり、連載を持っている雑誌の編集部に贈ったりである。特に、二月十四日当日に男性スタッフと打ち合わせがあったりすると、なぜかチョコレートなしで会うのは申しわけない気がしてくる。

世の中には「チョコレートを買うなんて、バレンタイン商法に踊らされているだけよ」と言う人たちもいるが、たかがバレンタインデーにかみつくこともあるまい。自分がドキドキして楽しめるなら、踊ればいいのである。もっともこう言うや、怒られたこともある。

「チョコレートをもらえない中学生や高校生の男子生徒は、ものすごく傷つくんですよ。学校では全面的に禁止しているところもありますし、もらえる子ともらえない子の差別を考えると、単なる商法とばかりは言えません。心に傷を残す問題として考えませんとね」

それはそうだが、なんでもかんでも差別としてとらえられても困る。女の子にもてる、もてないまでをも一律に平等にしようなんてもってのほかである。もらえない子は、なぜもらえないのか、「傾向と対策」を考えるなり、「フン、たかが祭りじゃねえか」と強がるなり、自分をなだめる術《すべ》を学べばいいのだ。たかがチョコレートで「心の傷」なんぞと、そんな無菌培養でガードしてはろくな者にならない。

が、この私にも「たかがチョコレート」と言えない時代があった。

あれは二十六歳か二十七歳か、とにかく当時としては結婚適齢期を「チョイ過ぎ」というころである。何がつらいといって、この「チョイ過ぎ」という時代がいちばんつらい。大きく過ぎてしまえば諦めもつくのだが、「チョイ過ぎ」には最後の期待が残されている。何の根拠もないのに、満塁逆転サヨナラホームランが出そうな気がしてくる。

そのころ、私は大企業のＯＬであったが、「チョイ過ぎ」の仲間たちがウジャウジャいた。

バレンタインデーが近づいたある日の昼休み、チョイ過ぎが何人か集まって女性誌を開いていた。一人がページを指さして言った。

「見て、手作りのチョコレート。今年はこれが多いらしいよ」

「うん。営業や経理の子たちも作るって言ってたわよ」

「簡単にできるみたいね。ホラ、ここに作り方が書いてある」

「ホントだ。でも、面倒だよ、やっぱり」

「うん。手作りって、なんか気恥ずかしいよねえ」

「言えてる」

「男の人ってサ、手作りを喜ぶとか言われてるけど、怨念《おんねん》を感じて結構嫌がるって言うよ」

と、こんな、否定的な会話をさりげなくしつつも、チョイ過ぎども の目は作り方に釘づけである。否定的な会話は牽制《けんせい》であり、誰の目も「今年こそは手作りチョコレートで、満塁逆転サヨナラホームランよッ！」と言っているのである。

私も当然そうであり、バレンタインデーの前日、手作りチョコレートの材料を買いそろえた。

作り方はごく普通の板チョコを湯せんして溶かし、それを自分の好きな型に流しこみ、再びかためるだけである。かたまる前に色とりどりのゼリーなどで飾れば、簡単に手作りチョコレートができあがると、多くの女性誌に書いてあった。

私はブラックとミルクとホワイトの三種類の板チョコと、きれいな色のゼリーや銀色のトッピングなどを買った。そして、型はあえてハート型をやめ、星型を買った。ブラックとミルクとホワイトの三種類の小さな星を、小箱に詰めようと思ったのである。ハート型を外すあたりが私のセンス抜群なところだと、ごった返す売り場で悦に入っていたものである。

当時、私は社内にポッとなっている人がいたのだが、彼は私に想いを寄せられているとは思ってもいない。なにしろ、私はその当時から、

「小林旭と横綱北の富士タイプ以外はイヤ」

と言っており、彼はどうひいき目に見ても、二人とは似ても似つかない。が、チョイ過ぎとしてはそう贅沢も言っていられないわけである。

帰宅するや、私はまず白い小箱に青い薄紙を敷いた。夜空のつもりである。ここに小さな手作りの星がキラキラと入るわけである。私は薄紙で夜空を作っただけで、もう自分の将来がキラキラした気になっている。

ところが、肝心のチョコレートがうまく作れない。雑誌に書いてあるとおりにやるのだが、うまくいかない。溶かしたチョコレートを星型に流しこむところまではなんとかなるものの、かたまるとブツブツしたクレーターのようなものができる。月ならともかく、星にアバタが浮くのはいただけないし、なによりも全然きれいでない。口に入れるのにいささか考えてしまう姿である。

その上、かたまったチョコレートを星型から外すのが難しい。星は五つもトンガリがあるため、息をつめるようにして神経を集中させても必ず一つか二つ、トンガ

リが欠けてしまう。とてもじゃないが、いとしい人に手渡せるシロモノではない。

結局、私は手作りチョコレートを諦めた。市販のチョコレートも諦めた。というのも、女たちは市販のものを選ぶときには、男には想像もつかないほど神経を使う。とにかくセンスのいい物を選びたいのである。義理チョコはなんでもいいが、本命チョコは昼休みにパパッと選べるものではない。

バレンタインデー当日、私は幻の満塁逆転サヨナラホームランにため息をつきながら、会社の給湯室でお茶をいれていた。

すると、給湯室前の廊下で、チョイ過ぎのOLが誰かにチョコレートを手渡しているではないか。私がいることなぞ全然気づいていない。

「これ、アタシが作ったチョコレートなの。手作りなの」

彼女のクネッとした声が聞こえてきた。普段は乱暴な言葉づかいなのに、こういうときは甘く「アタシ」とくる。それにしても、彼女はプレゼントできるほどうまく作れたのだろうか。あんなに難しいものを、どうやってうまく作ったのだろう。

私がひそかに驚いていると、また彼女の声が聞こえてきた。

「でもね、笑っちゃいやよ。ね、笑わないでェ〜」

なんだか不気味に甘い声だ。

「手作りってとっても難しくて、何度もやったのにうまくできなかったのォ。ハート型から外すときなんかうまく外れなくて、ハートがこわれちゃって、アタシ、泣きそうになっちゃって……。ハートがこわれたらヤだもん。でも、アタシ、一生懸命作ったの。だから、失敗作だけどもらって」

クーッ、なんという女ッ。こういう手があったかと、私は給湯室で棒立ちになっていた。その上、この女は「泣きそうになっちゃって」だの「一生懸命」だのと、男心をくすぐる言葉を次々に並べる。日ごろ、ぶん殴っても泣かない女だというのに、その手練手管《てれんてくだ》に私は圧倒されていた。私だって「泣きそうになっちゃって」「一生懸命」に作ったのだ。が、失敗作をわざと渡す発想はなかった。給湯室に突っ立ち、思わず、

「技能相撲《ずもう》だわ、これは」

とつぶやいたことを、今でも思い出す。

社会の縮図ともいえる大企業で、さまざまなことを見たり、聞いたり、巻き込まれたりしたことは、今になると本当に輝く日々だった。いろいろなことにぶち当たた

るたびに、私とはまるで違う発想を見せつけられた。それが私を逞《たくま》しくしてくれたし、なぜか陽気にしてくれた。

周囲の大人は「心の傷」がどうだとか心配せず、チョコレートで社会生活の洗礼を受けるなんて実にすてきなことだと、笑ってみせればいいのだ。

本町の今川焼

獅子文六

ししぶんろく
1893年神奈川生まれ。小説家、演出家、劇団文学座創設者のひとり。『てんやわんや』『娘と私』など著作の多くが映像化された。食通としても知られ『食味歳時記』『飲み・食い・書く』などの随筆がある。1969年没。

横浜の食物というと、誰でも、南京町のシナ料理を考える。しかし、それは、第一次大戦後の話であって、あの頃は、東京から円タクを飛ばして、南京町へ食べにいく価値があった。広東《カントン》料理のウマい店が、一、二軒あって、東京では食えないものを食わした。ということは、その頃、東京では、偕楽園のほかに、神田に数軒の店があるくらいで、後は、ワンタン屋に過ぎなかった。東京に店が少くて、横浜がウマかったから、差が大きかったが、今では、その逆となった。今の東京の中国料理は、ゼイタクであって、よいコックを、続々と、香港《ホンコン》から連れてくる。横浜の南京町は、惣菜料理になった。それはそれで、特色なきにあらざるも。

シナ料理が評判になる前に、横浜の名物料理といえば、例のインゴ屋の浪速亭、ブツ切り牛鍋の「太田の縄のれん」であったが、前者は震災とともに滅び、後者は盛業中であるも、普通の料理も始めて、特色を失った。

この他に、横浜人だけが知っている大衆洋食屋、真砂亭《まさご》とか、万国チャブなぞという家があった。真砂亭は皿からハミ出すビフテキを食わすとか、山盛りのカキ・フライを食わすとか、そんな店で、万国チャブというのは、日本間の餉台《ちやぶだい》の上に、洋食を列べるだけのこと。両方とも、安価で多量なところが、横浜下町人の人気に投じたので、ウマい店とはいいかねた。

ただ、以上の店々が、皆、肉食の料亭であることが、横浜料理の特色であろうか。横浜付近の魚は、決してまずいことはないのだが、文明開化の肉食の風が、この土地に早く始まったのが、一因かも知れない。その上、横浜人には、気楽で、ガサツなところがあり、繊細な食味を重んじなかったのであろう。

甘い物には、いっそう、無頓着であって、喜楽センベイというのが、名物となってるが、茶席には縁が遠い菓子である。そういえば、横浜の食味は、すべて、茶人の好むところの裏側である。なにぶんにも、船の出入りが忙がしくて、ワビたり、サビたりする閑《ひま》がない。

そういう土地に、大変ウマい今川焼があったということは、今川焼という菓子の性質から考えてみると、ムジュンはないのである。

昨今、今川焼という名称すら廃《すた》り、巴焼《ともえやき》とか、大正焼とかに変じているが、今川焼は、ウドン粉に混ぜ物がなく、外側が白色を呈してるというだけで、大同小異である。その今川焼で、横浜一というのが、本町通りにあった。本町は、横浜のメーン・ストリートで、会社、銀行、大商店が軒《のき》を連ねていたが、五丁目か、六丁目のやや店並みの落ちるあたりに、その今川焼屋があった。

私がもの心のつく明治四十年前後に、その今川焼屋は、すでに評判であり、関東震災まで開店していた。何で、そんなに評判であったか、推測にかたいが、アンがサッパリした味であることと、皮が柔かであったことは、記憶に確かである。お八つ時に、この店へ買いに行けば、一時間ぐらい待たされるのを、常とした。本町の会社や大商店が、競って、お茶受けに買いにやるからである。

私が、十五、六歳に達した頃に、横浜から慶応普通部へ通学の帰途、友人と共に、その今川焼屋へ立ち寄った。無論、その時が初めてというわけではない。ただ、その時は、何か小遣銭に余裕があったとみえて、友人と食い競べの目的を持って、立ち寄ったのである。

店で食う設備があって、お茶を出してくれるし、塩センベイのウマいのも、売っていた。

主人は、五十近い男で、今川焼といえども、それだけ評判になれば、自信と権威を持って、なかなか威張ってる。彼が悠揚《ゆうよう》として、焼き上げるのを、おカミさんが、木皿へ入れて、運んでくる。たしか、三つぐらいで一皿である。価格は、一個一銭であるから、一皿三銭。それを、片端しから、平らげ始めた。

男の十五、六といえば、そろそろ春機発動期であって、同時に、食欲も増進してくる。勢いに任せて、飯を十パイ食ったり、汁粉も十パイというレコードをたてて、嬉しがっていた。当然の結果として、二十にならずして、胃拡張を患《わずら》った。

今川焼の方も、レコードをつくる下心があったのである。しかし、あれは、案外、多食できないものである。第一、熱い。それから、皮のウドンコが、胸へつかえる。焼く時のゴマ油の臭いが、鼻につく。そうは食えたものではない。

それでも、十二、三は、瞬く間に、腹へ入れた。それからが、いけない。お茶を飲んだり、塩センベイをツマんだりして、また、お代りを命じるのだが、十六個を食べ終った時に、もう、どうにもならなかった。

「おれは、十六だ。お前は？」

私は、友人に訊いた。大体、食ってる間に、対手《あいて》の調子を見てるから、食べ競べには、勝ったような気がしていた。

果して、彼は、十二かそこいらで、やめていた。私は、ひどく得意になって、主人に話しかけた。

「オジさん、十六食うなんて人は、滅多にねえだろう」

すると、主人は、ニコリともしないで、焼き台の前から答えた。

「何だい、十六ッぽっち。三十六食った客がいらア」

遠足とチョコレート

林望

はやし・のぞむ
1949年東京生まれ。作家、国文学者。リンボウ先生の愛称で知られる。おもな著作に『イギリスはおいしい』『林望のイギリス観察辞典』『薩摩スチューデント、西へ』『謹訳　源氏物語』など。

「五月九日の遠足の朝は、おかあさんに起こしてもらってやっと学校へいきました。元気で旗を持って大岡山の駅を出発しました。江の島の駅をおりて、少し歩いてから、水族館につきましたが、一番でした。ぼくたちは先生のあとからついていきました。先生が『ほら、かわいい、来てごらん』といったので、いってみると、小さい魚がおよいでいました。からだがむらさき色にかがやいてとてもきれいでした。

それから魚についての色々なもけいのあるへやへいきました。

水族館を出て地下道を通って、マリンランドにいきました。マリンランドでしばらくイルカを見ていると、一頭のイルカが、ピョーンととび上ってザブーンとおちました。それをやるたびにみんなは、パチパチと手をたたきました。そのうちにマリンランドの係の人がバケツにいっぱい魚を入れて持ってきました。その人がピーッとふえをふくとイルカたちは集ってきて、水中から顔を出します。すると係の人は、その魚を口の中に入れてやります。残ったイルカたちは又、水中にもぐってしまうのです。しばらくしてマリンランドを見て、橋を渡って島につきました。そして、かいだんをたくさんのぼると、おみやげを売る店がずらりとならんでいました。一軒の店で休んで、おみやげを買いました。こんどはくだりです。ずんずんくだっていくと、下が見えないほど深い谷ぞこがありました。

目的地についたときは、風が強くて、旗がバタバタと音をたてていました。わかれてから、新井君たちとおべんとうを食べました。風が、おべんとうをつつんであった紙を、あっという間に持っていってしまったので、新井君たちは、『あははは。』と笑いました。すると新井君の紙もとんでいってしまったので、『あ、紙どろぼう。』といったので、又大笑いになりました。今度は、青山君がバナナの皮をふくろに入れようとすると、紙のふくろが風でふくらみました。青山君が、バナナの皮をふくろに入れたら、ふくろはやっとつぼみました。

そのうちに風もおさまったので、かんを持って、かにやなにかをつかまえにいきました。けれどもかにはいませんでした。しかたなく貝をとりました。

岩の上で写真をとって、しばらくしてから帰りました。」

四年生になった年の五月、私たちは江の島へ遠足に行った。以上はそのときに私が書いた作文である。

さすがにこの小学校のころのことともなると、今から四十五年も昔の話だから記憶があちこちと交じり合ったり、あるいはすっぽりと欠落していたりして、それがまた長いあいだには、ずいぶん事実とずれているところがあるに違いない。

この江の島の遠足を、私はたぶん小学校の二年生くらいのときのことだと長いこと思っていた。

ところが、久しぶりに書庫を捜索してみたところ、その当時、洗足池小学校で出していた文集が残っていた。そこにこの遠足の作文が出ていた。

私の記憶では、もう一つ掲載された作文があったはずで、それは小学校の一年か二年のときに書いた「カレーライス」という題の短いものだったような気がする。母が作ったカレーライスを、兄と二人で、辛い辛いと言いながらお替わりをして食べるというたわいもない話であったかとおぼろげに記憶しているのだが、この文章の出ていたはずの号はどこに行ってしまったのか、どうしても発見することができなかった。

江の島遠足の作文には「四の一　林　望」と書かれている。そうすると、二年生くらいであったと思っていたのは私の記憶違いで、じつは四年生のときに行ったのであったらしい。

まだこのころは遠足といっても電車に乗って行った。

大岡山の駅のホームに整列して待っていると、貸切という札を付けた、常よりもちょっと短い三両かそこらの電車が入線してくる。その電車が来るまで、私たちはどんなに空《す》いた電車が来ても乗らずに辛抱づよく待っていなくてはならなかった。

やがてチョコレート色に塗った古い車両が入ってくる。床には油をしみ込ませた板が張ってあって、座席も網棚もみな木製だった。ただ外面は鉄板で覆い、車体全体に丸い鋲《びょう》の頭が点々と連なっている。ドアは片開きで、大きな一枚扉が片方にごとごとと開いた。そのドアを入った真ん中のところには、必ず真鍮《しんちゅう》の円柱が立っていて、椅子に座れなかった者はこの柱に掴《つか》まって体を支えるのだった。

子どもたちは、大騒ぎをしながらその貸切の遠足電車に乗り込んだ。

ホームのスピーカーが、

「この電車は、貸切でございまーす。一般の方はお乗りになれませんので、御注意くださーい。この電車は、貸切でございまーす」

と繰り返し叫んでいた。

そうして、この三両の電車にぎっしりと子どもたちを積んで、電車は江の島の駅まで走っていくのである。

その時分はまだまだ自動車というものは数が少なくて、だいいちバスで行こうにも道路がろくに整備されていなかったから、こうやって電車の貸切で遠足に行くのが当たり前だった。

この作文を書いた四年生というのは、私が洗足池小学校に通った最後の一年間で、翌年の春に大田区の石川台から中央線の武蔵境に新開の公団住宅に引っ越した。

引っ越してからは電車で遠足に行ったという記憶はなく、その後はバスで行くようになったので、貸切電車に乗って遠足に行くという時代の、あれは最後の最後であったのかもしれない。

作文の最後に、岩の上で写真を撮ったと書いてあるのは、間違いなく同行の写真屋さんか現地の写真師の手になる集合写真であったと思うのだが、どういうわけか、この写真は既に失われてしまっていて手許《てもと》にない。もしそれが残っていたら、このときのことがもう少しはっきりと分るのだけれど、残念ながら見ることはできない。

洗足池小学校に通っていたころは、まだまだ日本は貧しい国であった。

この作文を書いたのは西暦でいうと一九五八年であるが、みな今から思うと信じられないような粗末な身なりをして、青洟《あおばな》を垂らして遊んでいた。

たぶん肉屋のコロッケが一個五円、そのくらい出すと塩ジャケの切り身も一枚買えて、駄菓子屋の飴だったら一円でいくつも買えた、なんて具合だった。

遠足ということになると、みなお弁当を家から持ってくる。ほとんどの家庭ではお母さんは外で働いてはいなかったので、そういう行事のときは朝も暗いうちから起き出してせっせとお弁当を作ってくれた。

お弁当の中身はだいたい申し合わせたように決まっていて、まず海苔巻き、そして御稲荷《おいなり》さん、場合によっては梅干を入れたお握り、そんな程度のものだった。けれども、海苔巻きに入れる干瓢《かんぴょう》は必ず家で煮て、それを遠足の朝に割烹着《かっぽうぎ》を着た母がせっせと巻いて作ってくれた。

朝起きると、その海苔巻きや稲荷寿司に入れるための酢飯が切ってあって、部屋中に酢の匂いが漂っていた。干瓢やら油揚げやらは前の晩に煮て仕込んであるのである。

それらの「ご飯」ばかりのお弁当はずっしりと持ち重りがして、手に取るとおいしそうな良い匂いがした。色とりどりの豪華なおかずやら見てくれのよい弁当箱なんて誰も持ってはこなかったが、つまりそういうものだと皆思っていたのである。

それから、お弁当のほかに若干の菓子を持参することが許される。ふだん学校には飴玉の一個でも持ってくることは禁じられていて、食べるものは一切学校から支給される建前だったのだが、この遠足のときだけは自宅から大手を振ってお菓子を持っていくことができた。それは子どもたちにとってどれほど嬉しいことであったろうか。

ただ、みなが同じレベルに揃うように、持参する菓子には金額の上限というものが定められていた。

たぶん遠足のときは五十円まで菓子を持っていっていいのだったかと思う。そのころは、グリコにしても紅梅キャラメルにしてもみな五円で買えた。それからカバヤのスキーキャラメルや森永のミルクキャラメルなんかになると、ちょっと高くて十円。まあ、これらのキャラメル類は遠足のお菓子の必修科目で、だれでも例外なく持ってきた。

今のように多種多様な菓子はまだできていなかった。

それで、キャラメルのほかには、酢昆布《すこんぶ》、柿の種のような小軽い煎餅の類《たぐ》い、こういうものもまず十円程度で買えたものだった。

遠足の前の日になると、私たちは友だち同士連れ立って近所のお菓子屋へ、その遠足の菓子を仕入れにいった。手に手に五十円札を持っていったのであろう。

なんといってもチョコレートなどは非常に高直《こうじき》なもので、板チョコなどを買うとたちまち制限の五十円に達してしまう。そこは我慢のしどころだった。

けれども、チョコは魅力がある。

そこで私たちが必ず買い込んだものは、シガーチョコレートという煙草《たばこ》の形を真似て作った棒状のものと、絵の具のようなチューブに入った舐《な》めチョコだった。

このチューブ入りのは蓋《ふた》を取って口のところを銜《くわ》えつつ、そろっとお尻のほうを押し、そしてチューッと吸う。するとどろっと甘いペースト状のチョコレートが舌の上にヌルッと入ってくる、それが堪《たま》らなかった。

シガーチョコレートはほんとうに外箱も煙草そっくりで、なかに十本の煙草形のチョコが入っている。それを一本ずつ取り出しては大人のように口に銜え、

「スパーーーーッ、ふーーっ」

なんて口三味線よろしく煙草を吸う真似をする。そうしてその先っちょのところの紙をほんの少し剝《む》いて、ちびりと一口だけ食べるのであった。

かくして煙草がだんだん短かくなるのに似せて少しずつ食べていくと、この一箱十円の安っぽいチョコレートで結構丸一日楽しめるのだった。作文のなかにバナナが出てくるけれど、思うに、この当時バナナはとても贅沢な果物だった。

江の島に着いて、あの両側に土産物屋の並ぶ参道を上がり、やがて島の反対側へ

下っていくと岩のごつごつした海岸に降りることができた。

持参のお弁当はその海岸のところで食べた。

「じゃあ、お弁当にしよう。いいか、決して勝手に別のところへ行ってしまわないように、この海岸で食べるんだぞ、いいな。絶対に危ないところへ行かないように。分ったな、はーい、解散！」

みな思い思いのところに座って、判で押したように同じ海苔巻きか御稲荷さんかのお昼を食べた。

遠足というのは、要するに、電車でちょっと遠くへ行って、お昼を食べて遊んで、写真を撮って、帰ってくる、というくらいのことにすぎなかった。

けれども、そのことが子どもであった私たちにはわくわくするような楽しみで、いつも遠足の前の夜は興奮してなかなか寝つけなかった。

展転反側《てんてんはんそく》していると、やがて台所のほうから母が干瓢などを煮る匂いがしてくる。その甘い香りの中で、いつの間にか私たちは楽しい眠りに落ちてしまうのだった。

シュークリーム

内田百閒

うちだ・ひゃっけん
1889年岡山生まれ。小説家、随筆家。夏目漱石に師事。『冥途』『東京日記』などの小説のほか、『百鬼園随筆』『阿房列車』『ノラや』などの随筆も多数。1971年没。

私が初めてシュークリームをたべたのは、明治四十年頃の事であろうと思う。その当時は岡山にいたので、東京や大阪では、或《あるい》はもう少し早くから有ったかも知れない。

第六高等学校が私の生家の裏の田圃《たんぼ》に建ったので、古びた私の町内にもいろいろ新らしい商売をする家が出来た。夜になると、暗い往来のところどころにぎらぎらする様な明かるい電気をともしている店があって、淋しい町外れの町に似合わぬハイカラな物を売っていた。

私は明治四十年に六高に入学したのであるが、その当時は私の家はもうすっかり貧乏してしまって、父もなくなり、もと造り酒屋であったがらんどうの様な広い家の中に、母と祖母と三人で暮らしていた。

夜机に向かって予習していると、何か食いたくなり、何が食いたいかと考えて見ると、シュークリームがほしくなって来る。その時分は一つ四銭か五銭であったが、そう云う高いお菓子をたべると云う事は普通ではない。しかし欲しいので祖母にその事を話すのである。祖母が一番私を可愛がっていたので、高等学校の生徒になっても矢っ張《やっぱ》り子供の様に思われたのであろう。それなら自分が買って来てあげると云って、暗い町に下駄の音をさせて出かけて行く。

六高道に曲がる角に広江と云う文房具屋があって、その店でシュークリームを売っている。祖母はそこまで行って、シュークリームを一つ買って来るのであるが、たった一つ買って来ると云う事を私も別に不思議には思わなかった。祖母の手からそのシュークリームを貰って、そっと中の汁を啜《すす》った味は今でも忘れられない。子供の玩具に本当の牛を飼って見たり、いい若い者の使に年寄りがシュークリームを買いに行ったりするのが、いいか悪いかと云う様な事ではないのであって、こってい牛は今では殆んど見られなくなったが、シュークリームをたべると、いつでも祖母の顔がどことなく目先に浮かぶ様に思われるのである。

ヘンゼルとグレーテルのお菓子の家　米原万里

よねはら・まり
1950年東京生まれ。ロシア語通訳、作家。9歳から14歳の5年間チェコのプラハで過ごし、ソビエト大使館付属学校でロシア語で授業を受ける。著書に『不実な美女か貞淑な醜女か』『嘘つきアーニャの真っ赤な真実』など。2006年没。

『グリム童話集』に収められたヘンゼルとグレーテル兄妹の物語に初めて出会うのは、おそらく小学校に上がる前に絵本でという人が多いと思う。

極貧の木こり夫妻が、息子ヘンゼルと娘グレーテルを森の中に置き去りにする。要するに、生活に困窮しての子捨て。一度目は兄ヘンゼルが道すがら小石を捨てて行ったので、それを目印に無事家に舞い戻って来てしまう。しかし両親は、懲りずに再び兄妹を捨てる。今度は抜き打ちだったため、ヘンゼルは小石を貯め込む余裕がなく、仕方なくパンくずを道しるべとしたところ、小鳥に食べられてしまい、兄妹は迷子になる。森の中をさまよった挙げ句、お腹が空いてへとへとに疲れ果てたところで、真っ白い鳥があらわれて、その鳥に誘われるようにしてお菓子の家にたどり着く。二人が大喜びでお菓子をむさぼっていると、老婆が出てきて、家の中へ招き入れる。喜んだのもつかの間、その家は、魔法使いの婆さんの住居だった。婆さんは、グレーテルを家事労働にこき使い、ヘンゼルは肥え太らせてから食べようと目論んでいる。

ヘンゼルを丸焼きにするため、パン焼きかまどの火加減を見てくるよう魔法使いに命ぜられたグレーテルは、うまく魔法使いを騙してパン焼きかまどの中を覗くよう促し、背後に回り込んで魔法使いをアツアツに熱したかまどの中に押し込んで殺してしまう。命拾いした兄妹は、魔法使いの婆さんが貯め込んだ財宝などもせしめて、帰宅する。

「それにしても、自分たちを捨てたような親の元へ、よくも戻るものだ。また捨てられはしないだろうか」

と心配しながら本を閉じた。その後の兄妹の運命はどうなったのか。今も気がかりで仕方ない。

グリムは当時民間に流布していた複数の「子どもと人食い」に関する昔話を採集して、それを基に『ヘンゼルとグレーテル』としてまとめている。ドイツに限らず、ヨーロッパには、森に捨てられた子どもたちが、魔女や猛獣に喰われそうになる危機一髪のところを力を合わせて逃れるか、相手をやっつけて無事戻ってくるというおとぎ話が山ほどある。フォークロア研究では、「子どもと人食い」の取り合わせが世界各地の昔話（日本の『天道さんの金の鎖』もその一変種）にみられるため、こちらの方に注目するが、わたしは「捨てられた子どもが冒険の末、成長して戻ってくる」という構造の方に注目する。おそらく、それだけ子捨てが頻繁にあったのだろうし、その分、良心の呵責に苦しむ親も多かったのではないだろうか。おとぎ話は、そういう心の葛藤から人々を解放する役目を負っていたのかもしれない。

ヘンゼルとグレーテルの場合は兄と妹だが、姉と弟、姉と妹、兄と弟など四通りの組み合わせがあるし、人食いも魔法使いの婆さんとか、爺さんとか、蛇や熊の化身とか、人食いの住居だって、鳥の脚をした小屋とか、洞窟の中とか、巨大な木のてっぺんとか、お城の中とか、実にさまざまである。

数ある兄弟姉妹帰還譚の中で、なぜ『ヘンゼルとグレーテル』ばかりが日本でもてはやされるのだろう。たとえば、ロシアの子どもたちは、ロシアバージョンの兄弟姉妹帰還譚は知っているが、『ヘンゼルとグレーテル』は千人中一人も知らない。

おそらく、いやきっとお菓子の家という大道具のインパクトなのではないだろうか。子どもは甘いお菓子が大好きに決まっているという思い込みは、大人たちに強く、このおとぎ話は多くの日本の出版社が絵本にしてくれた。

ところが、歯の健康を危惧した母親に甘いお菓子を与えられずに育ったわたしは、チョコレートよりも煎餅を、ショートケーキよりは焼き芋を、キャンディーよりはコロッケを好む舌になっていたものだから、お菓子の家にはゾーッとした。ちょっぴりいただく甘いものは美味しいと思っていたけれど、こんなに甘いものばっかりではウンザリしてしまう。チョコレートやキャンディーやケーキをちりばめた家の絵を見て顔をしかめたものだ。

お菓子の家の魅力にハタと気付いたのは、ドイツ菓子を知ってからのこと。木の実や干しフルーツ、酸味のきいた乳製品などを使った焼き菓子や菓子パンは、多様で変化に富み、決してべっとりねちねちと甘ったるいものばかりではない。いくら食べても飽きのこない、十分に食事の代わりを果たせる味。

新大陸発見後にヨーロッパに渡ったチョコレートは、まだ貴重品で、森の中に独居する老婆には、入手困難だったことだろうし。砂糖だって十七世紀までは、上流の人々にしか用いられない貴重品で、薬品扱いだったといわれるではないか。庶民には手の届かない贅沢品だったのは間違いないから、きっと甘味は蜂蜜か……うーん、食べたくなってきたぞ、お菓子の家。

チョコボール

尾辻克彦

おつじ・かつひこ
1937年神奈川生まれ。赤瀬川原平の名でも知られる前衛芸術家、小説家、随筆家。おもな著作に『超芸術トマソン』『老人力』など。純文学での尾辻克彦名では『父が消えた』『雪野』など。2014年没。

チョコボールというのは中がお砂糖を溶かしたような白いもので、外側はぐるりとチョコレートで固めてある。形はボールを半分に切ったみたいなもので下がぺったんこ。大きさはその丸の直径がだいたい二・五センチ。だからポンと一口で口にはいるのだけど、物凄く甘い。それが銀紙に包んである。一個いくらだったか忘れたけれど、それが数にして八百個くらいか、大きなガラス壺にはいっていた。私が十九歳くらいのときである。私の下宿していた部屋にその八百個くらいのチョコボールがガラス壺ごとあったのだ。そんなもの、そんなにたくさん買ってくるわけがない。盗んで来たのだ。私はチョコボールの犯人である。もういまは四十四歳になってしまった。

そのころ私はY君といっしょに生活していた。Y君は食パンの犯人である。二人で借りていた部屋は、阿佐ヶ谷の北口をまっすぐ十五分くらい歩いて行った洋間の八畳である。そのころの職業は、二人ともサンドイッチマンだった。サンドイッチマンといっても人体を両面から看板で挾《はさ》む正式のサンドイッチではなくて、ただ右手にプラカードを持って道端に立っているのだ。それだけ聞くと簡単なことだと思うかもしれないけれど、これは夏と冬は危険な職業だ。夏はフライパンの上の爆《は》ぜない炒り豆みたいになってくるし、冬は何というか、水分と糖分が分離した冷凍ミカンみたいになってくる。そんなのが町の雑踏の中でじーっと立っていると、暴動を起したい気持の放火用のマッチ棒みたいになってしまうのだ。

マッチ棒が立っていたのは渋谷だった。二人とも武蔵野美術学校の学生をもうほとんどやめていたと思う。学生でも社会人でもないまったく中途半端な状態で、いつも渋谷の駅の近くの町角にじーっと五時間くらい立っていた。で立ち終るとお金をもらって阿佐ヶ谷に戻り、駅から歩いて十五分の洋間の八畳に帰る。でその帰り道の十分くらいのところにパン屋があったのだ。

二人がそのパン屋で犯人になったのは、もう夜もだいぶ遅いときだった。その通りの店屋は全部閉まって暗くなっていて、そのパン屋だけ電気がついていた。もう少し夜が更けるとそのパン屋の電気も消えてしまって、今度は早起きの豆腐屋の電気がついてしまうのである。

でもそんな夜中になぜパン屋に電気がついているかというと、そのパン屋はパンを売るだけでなく、その奥でパンを作っていたのだった。

「食パンを下さい」

と言うと、店には電気がついているのに誰もいなくて、奥に通じるガラス戸の向うの方ではゴトン、ゴトンと機械が動いて、何人かが夜業で働いている。でこちらの店のガラスケースの上には、出来たての食パンのまだ切ってない太くて長いのが、何本も箱にはいって積み重ねてある。だからそれを買おうと思って、

「食パンを下さい!」

と声を大きくして言うのだけど、パン屋の人はガラス戸のすぐ向うに見えるのにぜんぜん聞こえていないらしい。もう一度、

「食パンを！　下さい‼」

と二人いっしょに大声を出したのだけど、それでもぜんぜん気がつかない。こちらはもう店の中にまで踏み込んでいるのに……、ちょっと腹が立ってきた。

「……持って行っちゃおうか……」

と言いながら二人で顔を見合わせた。だけど二人ともまだ泥棒をするだけの自信がないので、念のためにもう一度だけ、

「ごめん下さい‼　食パンを下さい‼‼」

と最後の大声を出してみた。だけどそれでも気がつかない。これはもう仕方がないよ。

声をかけるよりも盗ろうとすれば気がつくのではないかと思った。でY君が食パンの太くて長いのを一本盗ってみた。ところが気がつかないのだ。でもう一本盗ってみた。まだ気がつかない。これはやはりどうしても仕方がないね。私も食パンに手を伸ばしたのだけど、そんなに食パンばかりあっても仕方がないのでやめた。見

るとガラスケースの上に、駄菓子を入れるガラス壺の大きいのがいくつか並んでいた。私はY君に、

「……これにしようか……」

と言いながらそれにした。それを一つ抱きかかえて店を出た。あっけなく外に出ていた。でもあっけないけど不安だった。食パンと違ってガラス壺というのは固くしっかりとした物品なので、やはり犯罪者としての実感もしっかりと固く迫って来るようだった。私は両手でそれをぎゅっと持って、もう戻れないと思って歩きながら、ガラスの表面をじっと見ていた。街燈の下を通るたびに、大きなガラス壺の上を小さな光がピューン、ピューンと滑って行く。

横を見るとY君は結局食パンを四本かついでいた。その感じが食品というより材木みたいだ。だけどそれは食パンだから、中は白くてフワフワと柔らかいものなのだ。

二人はそういう固いものと柔らかいものをそれぞれ持って、暗い夜道をだんだん急ぎ足になってしまった。人に見られたら、やはり変な持ち物である。洋間の八畳にはいって中から錠を降ろし、床の上にそれぞれの物品を置いてからホーッと一息

ついた。そうやってぐったりと落ち着いてからよく見ると、床の上のガラス壺の中には銀紙で包んだチョコボールがぎっしりと詰まっていたのだ。

アルミの蓋を取って、チョコボールをY君と一つずつ取り出し、銀紙をそうっとむいて食べて見た。チョコレートが舌に溶けて、中の白い砂糖みたいなのがジリジリと崩れ出して、凄く甘かった。十九歳でまだ口腔内から胃袋にかけて大人になりきっていないのか、その甘い味をおいしいと思った。で、もう一つ取り出して、銀紙をむいて口に入れた。そうしたらまたチョコレートが舌に溶けて、中の白い砂糖みたいなのがジリジリと崩れ出して、凄く甘かった。そんな甘いものがガラス壺の中にはぎっしりとあるのだった。いくらでも自由に食べられる。そう思うと大きな気持になった。私はまた指を入れてチョコボールを一つ取り出して、銀紙をむいて口にポンと放り込んだ。それが四つ五つとつづいていくと、物凄い甘さになってくる。甘さというのは「甘い考え」とか「まあ甘く見て……」とかいって、何かてぬるいとか優しいみたいな感じがあるけど、チョコボールが五つも六つもまとまるとこれはもう何というか、とてもそういう「甘い」というようなものではなくなってくる。チョコボールが十個になれば、もう喉にはキリキリとした辛いような刺激になっている。二十個にもなると食道から胃にかけて熱いような反応があらわれてくる。いくらたくさんあるからといってそんなに食べなくてもいいのに、勝ち誇ったマッチ棒みたいな気持で、つい意地になって食べてしまったのだった。だけどガラス壺にはまだチョコボールがぎっしりと詰まっている。

食パンはその夜も明くる日もぱくぱくと食べて、それでも減らずにだんだん固くなりはじめて、しまいには真ん中の白いところだけほじくって食べ散らかして、本当に虫喰いの材木みたいになってしまった。それでもその部屋に食糧がなくなると、その材木みたいに固くなった食パンを焼いたり濡らしたりしながら、結局は全部胃の中に消えていった。

だけどガラス壺に入ったチョコボールの方は、しばらくの間その部屋に置いてあった。やはり「甘い……」なんていえないほど甘いものなので、そう急には減っていかない。だけど財布が底をついて空腹になると、ついそのアルミの蓋を開けて、チョコボールの銀紙をむいて、口の中にポンと入れる。カラカラの胃の中にそんなものを入れるのだから、胃には大変なことらしい。私の胃はぐーんと重くなってはギリギリと痛みがわき出してくる。脂汗がタラタラと出て、夜中にも痛みで目が覚めてしまう。

もっとも私の胃は高校の授業中からキリキリと痛んでいた。東京に出て一年目に帰郷したとき、病院で十二指腸潰瘍といわれていた。だけどそういわれてもしょうがない。どこかに健康な生活が用意されているわけでもないのだから、私はまた東京に出て同じ生活をつづけた。

私とY君は小、中学校のときの親友だったのだけど、東京でいっしょに住んで生活するうちにはもうお互いにうんざりするようになっていた。そういうお互いの感情は別にしても、自分で自分の生活をするというはじめてのことに、二人とも相当痛めつけられていたのだ。私の場合は単純というか、直かに胃を痛めつけられてい て、もうこんな腐ったような胃袋は手でつかみ出してポンと棄《す》てて道端の犬に食わせてなくしてしまいたいという、それほどの境地に達していた。だけどじっさいにはそうもいかずに、手の指や足の指を剃刀《かみそり》でプスプスと切ったりしてみて、それで腐った胃のことを忘れようとしていたのだ。

Y君の場合は胃はピンピンとしていたけれど、精神の方を痛めつけられたようだった。私は胃をかかえてじっとしているのだけど、Y君は精神をかかえてぐるぐると回転をしていた。最後にはそれが渦巻き運動になってしまい、何もいわずにポンと郷里に帰ってしまった。だけど部屋のガラス壺には、まだチョコボールが半分くらい残っている。

私はY君のポンにつづいてポンと帰るわけにもいかず、だけど自分も早晩そういう東京の生活から退散するのは目に見えていて、そんな状態で残りのチョコボールをトロリ、トロリと食べていた。もう布団の中は脂汗の海だった。それが全部胃液のように思われた。で最後のチョコボールを口の中に押し込んでから、私も呆然と郷里に帰って行った。そしてその年手術を受けて、私の体からは胃袋が三分の二なくなった。

収録作品一覧

「ドーナッツ」村上春樹／『村上ラヂオ』（新潮文庫）
「チョコレート衝動」角田光代／『世界中で迷子になって』（小学館）
「プリン・ア・ラ・モードのかわいいジオラマ感」益田ミリ／『かわいい見聞録』（集英社）
「かっこわるいドーナッツ」穂村弘／『君がいない夜のごはん』（ＮＨＫ出版）
「シュウ・ア・ラ・クレェム」森茉莉／『貧乏サヴァラン』（ちくま文庫）
「甘い物」安野モヨコ／『食べ物連載　くいいじ　上巻』（文藝春秋）
「幻のビスケット」矢川澄子／『日本の名随筆54　菓』（作品社）
「お八つの時間」向田邦子／『向田邦子全集　新版　第五巻』（文藝春秋）
「クリームドーナッツ」荒川洋治／『忘れられる過去』（みすず書房）
「与客点心」辰野隆／『辰野隆随想全集5　忘れ得ぬことども』（福武書店）
「冬のキャラメル」長嶋有／『いろんな気持ちが本当の気持ち』（ちくま文庫）
「悲しいカステラ」佐藤愛子／『不敵雑記　たしなみなし』（集英社）
「甘話休題（抄）」古川緑波／『ロッパの悲食記』（ちくま文庫）
「菓子」池波正太郎／『完本池波正太郎大成　第29巻』（講談社）
「きんとん」阿部艶子／『「あまカラ」抄　Ｉ』（冨山房百科文庫）
「甘いものゝ話」久保田万太郎／『久保田万太郎全集　第十一巻』（中央公論社）

「静岡まで、ようかんを」江國香織／『泣かない子供』(角川文庫)
「花見だんご」幸田文／『幸田　文全集　第十八巻』(岩波書店)
「らくがん」井上靖／『井上靖全集　第二十三巻』(新潮社)
「くすぐったい白玉」筒井ともみ／『舌の記憶』(新潮文庫)
「チョコレートの不思議」東海林さだお／『アンパンの丸かじり』(朝日新聞出版)
「秋袷」中村汀女／『「あまカラ」抄　3』(冨山房百科文庫)
「羊羹」種村季弘／『徘徊老人の夏』(筑摩書房)
「『3時のおやつ』の話」伊集院光／『のはなしに』(宝島社)
「東京の煎餅」小島政二郎／『作家の別腹』(光文社知恵の森文庫)
「袋菓子の陶酔」酒井順子／『ごはんの法則』(幻冬舎文庫)
「せんべの耳」三浦哲郎／『日本の名随筆54　菓』(作品社)
「おはぎと兵隊」久住昌之／『野武士のグルメ』(晋遊舎)
「金米糖」團伊玖磨／『パイプのけむり選集　食』(小学館文庫)
「キャラメル」武田百合子／『ことばの食卓』(ちくま文庫)
「小さな味」阿川佐和子／『魔女のスープ　残るは食欲2』(マガジンハウス)
「メロン・パン筆福事件」五木寛之／『風の言葉――五木寛之ベストセレクション』(東京書籍)
「甘栗」藤森照信／『わたしのこだわり――仕事・モノ・コト・人生の流儀』(岩波書店)
「おやつに食べるもの」南伸坊／『狸の夫婦』(筑摩書房)

「砂糖と塩」柴崎友香／『よそ見津々』（日本経済新聞出版）

「ベルギーへいったら女よりショコラだ」開高健／『地球はグラスのふちを回る』（新潮文庫）

「今川焼き、鯛焼き」蜂飼耳／『秘密のおこない』（毎日新聞社）

「チョコレート」内館牧子／『きょうもいい塩梅《あんばい》』（文春文庫）

「本町の今川焼」獅子文六／『獅子文六全集　第十五巻』（朝日新聞社）

「遠足とチョコレート」林望／『東京坊ちゃん』（小学館）

「シュークリーム」内田百閒／『爆撃調査団　内田百閒集成12』（ちくま文庫）

「ヘンゼルとグレーテルのお菓子の家」米原万里／『米原万里旅行者の朝食』（文藝春秋）

「チョコボール」尾辻克彦／『少年とグルメ』（講談社）

・収録作品の「きんとん」の著作権者の方は大和書房までご連絡くださいますようお願い申し上げます。

・本作品はＰＡＲＣＯ出版より２０１４年２月に刊行された『アンソロジー　おやつ』を改題し、再編集して文庫化したものです。
・『プリン・ア・ラ・モードのかわいいジオラマ感』（益田ミリ）、『かっこわるいドーナツ』（穂村弘）、『ヘンゼルとグレーテルのお菓子の家』（米原万里）は、文庫化にあたり新たに収録したものです。

著者
阿川佐和子、阿部艶子、荒川洋治、安野モヨコ、池波正太郎、伊集院光、五木寛之、井上 靖、内館牧子、内田百閒、江國香織、尾辻克彦、開高 健、角田光代、久住昌之、久保田万太郎、幸田 文、小島政二郎、酒井順子、佐藤愛子、獅子文六、柴崎友香、東海林さだお、武田百合子、辰野 隆、種村季弘、團伊玖磨、筒井ともみ、長嶋有、中村汀女、蜂飼 耳、林 望、藤森照信、古川緑波、穂村 弘、益田ミリ、三浦哲郎、南 伸坊、向田邦子、村上春樹、森 茉莉、矢川澄子、米原万里
（50音順）

だいわ文庫

おいしいアンソロジー　おやつ
甘《あま》いもので、ひとやすみ

著者　阿《あ》川《がわ》佐《さ》和《わ》子《こ》 他《ほか》

二〇二二年八月一五日第一刷発行
二〇二四年一月一〇日第六刷発行

発行者　佐藤 靖
発行所　大和《だいわ》書房
東京都文京区関口一―三三―四 〒一一二―〇〇一四
電話 〇三―三二〇三―四五一一

フォーマットデザイン　鈴木成一デザイン室
本文デザイン　藤田知子
親本選者　杉田淳子
本文印刷　信毎書籍印刷
カバー印刷　山一印刷
製本　ナショナル製本

ISBN978-4-479-32024-1
乱丁本・落丁本はお取り替えいたします。
http://www.daiwashobo.co.jp

だいわ文庫の好評既刊

東海林さだお 著
南伸坊 編
ことばのごちそう
東海林さだお氏のエッセイから、食べ物についての言及・描写を集めたアフォリズム集。おもしろいとこ、おいしいとこどりの一冊。
1000円
411-4 D

*北村良子
1日5分で思考力がアップする！ 謎ときパズル
1日5分からでOK！ 物語にそって楽しみながらパズルを解いていくうちに「考える力」がめきめきアップする。
700円
412-1 F

*中川雅文
「聞こえにくい」がなおる耳トレ
夜にTVの音量を上げる、空気が読めない、肩がこる……。これらは耳の不調が原因。耳の聞こえのトレーニングで悩みを解消します。
700円
413-1 A

*キャメレオン竹田
人生を自由自在に楽しむ本
すべては映像！人生、怖いもの知らずでいきましょう。キャメレオン竹田が教える「人生の主導権」を取り戻し、思い通りに生きるヒント。
700円
414-1 C

*キャメレオン竹田
あなたの人生がラクにうまくいく本
衝撃の真実——実は、全ての悩みは「アトラクション」だった！ 人気インフルエンサーが教える、「地球ゲーム」を楽しく遊び尽くすコツ。
700円
414-2 C

本山勝寛
最強の独学術
東大・ハーバードに1年間のひとり勉強で合格！ あらゆる目標を自力で突破してきた勉強法の達人による「独学の極意」を紹介！
700円
415-1 G

*印は書き下ろし

表示価格はすべて本体価格（税別）です。本体価格は変更することがあります。